号 角

陈冠先 / 著

中国华侨出版社

北 京

图书在版编目（CIP）数据

号角 / 陈冠先著. -- 北京：中国华侨出版社，
2022.2

ISBN 978-7-5113-8509-3

Ⅰ.①号… Ⅱ.①陈… Ⅲ.①长篇小说－中国－当代
Ⅳ.①I247.5

中国版本图书馆CIP数据核字(2021)第012560号

号　角

著　　者：陈冠先
责任编辑：黄　威
封面设计：乐　乐
经　　销：新华书店
开　　本：880毫米×1280毫米　　1/32　　印张：9.375　　字数：130千字
印　　刷：天津雅泽印刷有限公司
版　　次：2022年9月第1版　2022年9月第1次印刷
书　　号：ISBN 978-7-5113-8509-3
定　　价：60.00元

中国华侨出版社　北京市朝阳区西坝河东里77号楼底商5号　　邮编：100028
发 行 部：（010）69580861　　传　真：（010）69580861
网　　址：www.oveaschin.com　　E-m a i l：oveaschin@sina.com

陈冠先，笔名：捡水郎、力晨，四川省南充市人，文学、摄影爱好者。2016年至今已完成《高山上的泪痕》《只欠今生》《花开华堂》《风渐徐尘慢慢》《情绽》等原创长篇小说，见于各大网媒和纸媒。

短篇《魅儿》《西域情》《雪访》《采百合》；散文《云兰》《念亲恩》《贡士嘴》《麻雀》《雨中的盘羊》等散见于国内多家杂志刊物。

作　者
简　介

小说《号角》以川北建党人吴季蟠等为原型，"顺泸起义"为背景。

描写了大革命时期，旅欧学生章千里回国后积极投身革命，遭到当地"惜才"军阀白孟礼明里暗里打压。章千里弄明白原因后，将计就计，主动为其献计献策，很快为其平息了周边军阀的骚乱。白孟礼不仅给了章千里令人羡慕的职务，还将独女丹子许配于他，暗地里却又处处对他监视、设防。对理想信念的坚守，对困苦磨难的坚忍，章千里经受住了层层考验，成功完成使命，吹响了武装革命的号角……

内　容
简　介

目录

第一章

被朝晖染成金红色的大海，宛如一个硕大的蓝彩金釉大盘。客轮、小帆、打渔船，在串串闪烁的缤纷光圈里，恰如置放在盘中的玲珑摆件，如诗如画，如梦如幻。

"愿得此身长报国，何须生入玉门关。"面对阔别整五载的瑰丽祖国景色，雕塑般挺立在甲板上的留法学生、中共旅欧支部成员章千里的脸上却少有欢愉。

1925 年 3 月中旬，章千里在欧洲参加完革命志士路远先生追悼会的第二天，便接到上级党组织的指示，让他与共产党员黄志远、袁道楷、柏继肖、李玉坤、任宇轩等同学回国参加"燎原计划"。关于"燎原计划"的内容出于保密性，唯有负责人章千里知道，在接到通知的那一刻，他激动万分，归心似箭。但在穿过大西洋，踏上祖国东海海域，望着海面那一艘艘见到中国船舶就颐指气使、欺凌打压、肆意横行的外国船只时，满心的喜悦变成了无尽的酸楚和慨叹。慨叹北洋政府的腐败和无能。

"汉家旌帜满阴山，不遣胡儿匹马还。"黄志远的声音从背后飘来。

"两天没合眼了，怎么没多休息会儿？"尽管饱受五十个日夜的海上颠簸之苦，仍精神饱满的章千里撩了下被风吹乱的背头。

"这些日子，你不也没睡个囫囵觉吗！"中等身材、偏瘦的共产党员黄志远，虽然一脸疲惫之色，但黑亮的眸子闪着明亮的光芒。他弹了弹微皱的灰色绸衫，"话说回来，目睹大好山河被外寇霸占、欺凌、操纵，但凡有点良知的人，也难酣睡的。"

"原以为五年时间，国内怎么也会有些起色，有所变化。感觉天仍是那片昏暗的天啊！"

"是啊！当年你我怀揣工业救国梦，前往法国求学。只怕这五年的努力，学无所用了！"

"灰心了？"章千里从白绸衫兜里掏出一包在客轮吧台上买的国产"仙果牌"香烟，抽出两支。一支给黄志远，一支叼在了唇齿之间。

"实话，有些沮丧。"黄志远背着风点燃了香烟。

章千里扫了眼安静的周围，"就算咱们学的工艺派不上用场，这些年对政治运动的筹备、组织、引导、开展和实践是不会白费功夫的。"

"但愿好梦早日实现！"背靠栏杆的黄志远明白过来，组织是要将革命工作大力拓展，急需像他们这样有革命斗争经验的人对工人群众体引导。

他见章千里怫然不悦，担心挨批，省然的样子。

"以后有负面情绪在我跟前放放也就算了，若在其他人面前表现出来……可不好的。"趴在栏杆、眺望海面的章千里弹了下烟头。

"若不是一起念中学，一同到法国，视你如胞兄，以为这样的话随便就可以听到？"黄志远耸耸肩。

章千里直起腰，将如剑目光投向了远方，心潮起伏。"国内的工人、学生运动，若能如法国那样积极，也不至于签订了丧权辱国的条约，至今还在割地赔款，任人蹂躏。"

"如此安宁祥和之景色，两位仁兄却一副苦瓜脸，恍如过得暗无天日一般。这惠风和畅的日子应该好好享受才对。"头扣鸭舌帽，两手插裤兜，着格子西服的汪凡诏一步三摇来到二人身边。

"你，你啥时候在船上了？"黄志远吃惊地瞪视着这个与章千里有隙、专与进步学生作对的同学，瞟了眼仍目视天边的章千里。

"章同学，同学三年，情不算浅，怨不算深。若真有本事，到了上海咱们再切磋切磋，何如？"汪凡诏抱着膀子，支着下巴在甲板上来回踱了几步。

"我说汪凡诏，你是不是皮子紧了，迫切需要千里再松松？"

黄志远抢着回答。他不明白这个平日见了章千里如老鼠见猫的汪凡诏，今儿怎么突然猖狂起来了。

"在法国，汪某忍辱负重，扮老鼠几年，而今到了上海这地盘上，还不允许我做回狼吗？哈哈哈……"汪凡诏仰天狂笑。

"别说中华民国临时政府的官员与有的人只是远亲。就算是他亲爹，若是不知死活，章某一样让他如这个烟头一般。"章千里指头轻轻一弹，烟头打着旋飞了出去，随即炸弹般爆开，飞溅在了海水上空。

满脸得意、会些拳脚的汪凡诏惊骇地张大了嘴。要知道，客轮正奋力向前，正常情况轻飘飘的烟头弹出转眼就会被劲风刮向身后没了影子。可那烟头不但没被刮回，居然像在无风状态下一般平静绽开。这分指力何其恐怖！

"鬼气候，今天都5月28号了，还冷得人满身鸡皮疙瘩。"汪凡诏紧了紧白西服，匆匆离开了甲板。

"那家伙居然在舱里蛰伏了五十天！他是不是有什么察觉？"黄志远望着将没入船舱的汪凡诏。

"除了'燎原'两字，你我尚不知晓具体情况，能察觉什么？他是质疑，是憋不住，跳出来测试的。"

"龟孙子，真狡猾。"

两年前，法华教育会克扣中国政府给学生的津贴。学生们准备找驻法公使馆反应情况，汪凡诏却偷偷向法国当局诬告中国学生要暴乱，导致十多名无辜学生被法国警察逮捕、驱除。章千里得知后，狠狠将其教训了一回。去年这厮的远亲邓泉润当上北洋政府临时官员后，他在中国留法学生面前不仅愈加骄横，为所欲为，还公然调戏女生，再次被章千里收拾。于是这厮将章千里视为眼中钉、肉中刺。

为了报仇，汪凡诏时刻留意着章千里的动向。在获知章千里要回国，顿感雪耻机会来临。便悄然买了与章千里同一天的船票，提前躲进了头等舱包间。上船后他发觉黄志远、袁道楷等人也在，三角眼立时转动起来。这伙在法国经常组织学生、工人闹事的，一同回国，必有异端。若是发现他们的机密，岂不正好向北洋政府邀功请赏？可是，历经五十个日夜的蛰伏、观察，并未见到章千里等人的什么秘密。不甘心的他，决定公开挑衅、试探，不想章千里的功夫比他之前领教的高太多，只好悻悻回到舱里，开始绞尽脑汁思考如何将章千里这个克星尽快除之而后快。

"汪，这么多天没出去，怎么刚出去就回来了？"软铺对面的英国驻上海租界官员尼尔问。

"贱体一直对海风过敏，以为到了家乡能适应，谁知一样。"汪凡诏耸耸肩摊摊手。在盯着尼尔的时候，他心里突然有了让章千里如何下地狱的办法。"先生行李多，待会儿下船，我帮您拿。"坐在铺边的他探出身体。

"不用的，谢谢！我就一口皮箱和小包，没什么太多东西。"尼尔摆摆手。

"上海的古玩、小吃、姑娘，先生喜欢什么？"汪凡诏并不知道对方具体身份，但感觉得到这蓝眼睛高鼻梁的洋人身份不简单，媚笑着与之攀谈起来。

海面上的光线愈来愈强，上海城市的轮廓越来越清晰，舱里不少人向甲板走去。

黎明时分才睡去的李玉坤被旁边的袁道楷叫醒，正要嘟囔，见袁道楷乐呵呵向窗外努努嘴。他回头一望，立刻从铺上弹起，"那是上海，那是上海！道楷、宇轩我们快去甲板上。"说完抓起外套，趿着鞋跑了出去。

袁道楷、柏继肖、任宇轩喜滋滋走出船舱，边看美丽景色边向章千里、黄志远走去。

"碰见汪凡诏了吗？"黄志远问过来的李玉坤。

"汪凡诏？他也在船上？"紧跟在李玉坤身后的袁道楷闻言，瞪大眼珠。

"那条神神秘秘、专搞破坏的北洋政府走狗，说不定从你们分贝较高的谈话中听到或嗅到了什么。不然他怎么会潜随回国？"黄志远突觉言辞欠妥，立时纠正，"当然，碰巧同船不是没可能。"

"有些人自以为觉悟高，啥事都晓得三缄其口。别人就是麻雀子出门——叽叽喳喳啥事都挂在嘴上！"原本一脸喜色的李玉坤板起了面孔。

"志远的说话方式是失当。但出发点没毛病，咱们不仅是同学，还是革命同志，警惕点好。"面朝大海的章千里转过身，"别往心里去。"

"谁和他一般见识。"李玉坤撩了下背头，目光追向了水面上翻飞的海鸟。

"组织上召我们回来，虽没说具体任务，单凭'燎原'两字分析，可能会是在几个城市同时搞斗争运动。"袁道楷见黄志远有些尴尬，忙岔开话题，大谈他对这次回国的解析。

"组织上的决定，咱们不要妄加猜测。"章千里再次点燃一支香烟，"个人觉得早前的罢工、罢课，尚能对封建主义、帝国主义起到一定程度的影响和震慑。而今无论是对北洋政府，帝国主义，还是外国在华租界，这些运动的影响力和震慑力都在悄然减弱。"他吐出个大大的烟圈，"若能对横行在我国领土上的外国豪强和腐败政府，来场震惊世界的运动就好了！"

"千里兄，老同学，别忘了我们现在人力、财力、物力以及各方面条件都极其欠缺。"一直没发言的柏继肖道。

"是啊！"趴在栏杆上、高瘦的任宇轩接过话头，"首先是人力，一些理想的实现，尚需时日啊！"

"革命需要激情，条件需要创造。"章千里掸了下烟头，"革命工作什么都不怕，只怕没信心没斗志。"

"千里同志，老同学，你送的这顶帽子，够沉的。"任宇轩将放到海面的目光收了回来，"1923年春，我在党旗下宣誓的那天起，就从未丧失过革命斗志。今天不会，以后不会，断头也不会。"

"哈哈哈，以为一个个坐船太久，挫了锐气呢！"章千里大笑。

任宇轩脸色缓和下来，"我不过是讲讲咱们党目前的真实境况，觉得距离你的理想，确实有着不小的距离。"

"宇轩啊，理想不会太遥远。"章千里道。

"是的。"袁道楷赞同道。

嘟……嘟……

呜……呜……

正谈话的章千里等人齐齐回头，客轮后方出现两艘军舰。一艘插着"太阳旗"，一艘插着"米字旗"，你超我赶，气焰嚣张地超了上来。

第二章

在经过客轮时，舰上士兵不停地向客轮打口哨、做着各种下流的动着。百余人的客轮上，只有少数几个欧洲旅客与之互动着。

两艘癞皮狗般的军舰见客轮上有人互动，越发得意、放肆，围着它又跳又闹又尖叫，宣泄了好几圈。最后带着低级、恶俗的嘻哈之声，恶魔般狠狠撞向了百米外的两艘小帆船。

"不好……"

嘭……嘭……

章千里惊骇之声未落，两艘小帆船已被撞成了纷飞的木屑，十余人立刻挣扎在海水之中。恶毒的侵略者在狂笑、尖叫声中扬长而去。

客轮上顿时一片哗然。

"救人……"愤怒的章千里来不及脱衣服，纵身一跃，海鸥般一头扎入海里。黄志远、袁道楷、柏继肖相续跳入海中，六七个华人旅客也紧随其后。急坏了不会水的李玉坤和任宇轩，俩人急忙跑下甲板寻找救生圈、救生筏。

安静的甲板上一时间聚集了近百人，那些黄头发蓝眼睛的外国人见被撞的是中国小帆船，大部分很快从惊愕转为不以为然，转为嗡嗡议论，转为抱着胳臂看热闹。

华人和极少一部分外国人望着挣扎在海水中的落水者，眼底注满了愤怒和焦急。躲进头等舱的汪凡诏出现在甲板尽头，脸上的蔑视和漠然之色，与大部分外国人没什么两样。

五月下旬的海水虽然不再沁人的凉，但连续在海上颠簸了五十个昼夜的章千里、黄志远等人在水中显得有些力不从心。就在他们各自拽着一名落水者奋力划向客轮时，一艘恶狗般的皮艇突然尖叫着从大客轮背后窜了出来。

皮艇上三人，一个是神情傲慢、挽发髻的东洋人，一个是花西服、黄头发、鹰钩鼻的欧洲人，驾皮艇的却是一个满脸媚态的年轻中国男子。三人在经过客轮甲板下方时，如军舰上的流氓士兵一样向客轮做着各种蔑视和猥琐的动作。

在甲板尽头看热闹的汪凡诏突然兴奋地挥舞着豆芽般的胳膊，"表弟，表弟……"

"奴颜媚骨。"旁边不知谁嘟噜了一句。

"老子跟自家表弟打招呼，碍你们啥事了？谁冒杂音，有种给大爷站出来。"汪凡诏傲然扫视着周围数十个旅客。

"杂种表弟多认几个。"又一个声音从人群中飘出。

"谁？给老子站出来。"汪凡诏大怒。

"怎么着？"

人群里立刻站出几位着工装的黄皮肤汉子。

"大爷的姑父可是上海守备师长姬同新。分分钟让你这些穷鬼去西天拜佛。"汪凡诏边说边挤向蓝眼睛高鼻梁的人群。灰溜溜的他，忽然瞥见甲板下方手里拿着救生圈的李玉坤和任宇轩。三角眼里立时冒出绿光，再次冲皮艇高叫，"眷生，表哥送你们一个礼物。"

"哈哈，凡诏哥回来了。给你兄弟带了什么宝贝？"驾皮艇的姬眷生高声问。

"包你们开心。"会点功夫的汪凡诏狞笑着来到李玉坤、任宇轩身边，"想做英雄还拿什么救生圈，直直下去施援手多赚人眼球。"说完一把将边上毫无防备、不会水的两人推入海中。

"哈哈，表哥出手果然大气，这见面礼兄弟们喜欢。"姬眷生掉转皮艇，向抱着救生圈在水里惊慌划动的李玉坤和任宇轩驶去。

东洋人和欧洲男子见状，恍如嗜血的豺狼，哈哈挥舞着手中的东洋长刀、哨棒，直奔李玉坤两人和手中的救生圈而下。救生圈应刀而破，慌乱的李玉坤和任宇轩头部、胳膊分别负伤，挣扎在海水之中。

"眷生呀，好事可得做到底，和你的朋友再去帮助帮助那几个舍己为人的狗熊吧。"恶笑的汪凡诏冲姬眷生三人指指百米外的救人场面。

"这两旱鸭子咋办？"姬眷生狞笑道。

"难得这么漂亮的舞姿，留给我欣赏呀！"

"哈哈，表哥就是表哥，会享受。"姬眷生和两恶徒狂笑着催艇奔章千里他们而去。

汪凡诏得意地望着水里扑腾的李玉坤、任宇轩，"怎么样，两位，表演的场地还宽阔吧？"

船上旅客见汪凡诏如此作恶，怒骂的、摇头的、叹息的、鄙视的、冷漠的……，不少人边怒骂边下旋梯，向水中挣扎的李玉坤、任宇轩跑去。

姬眷生与两恶徒来到被撞碎的小帆船周围，如对待李玉坤、任宇轩两人一般，挥棒砸开落水者和救援人，反复阻挠他们救援。而后嘻嘻哈哈观看着落水者的狼狈和救援人的愤怒。几个受了棒伤、刀伤的人很快沉入水中。

几十米外的章千里、黄志远、袁道楷见了义愤填膺，想要过去阻止，却无法丢开不会水的落水者，只得怒声提出警告。

三恶棍见状，狞笑着放开艇边的挣扎者，迎章千里、黄志远而来。

在法国留学五载，章千里、黄志远不仅学业好，还抽时间学会了拳术、马术、游泳、射击等。见三恶棍舞刀弄棒逼来，两人立刻没入水中，皮艇转眼底朝天。

向来在城里、海上横着走的三恶棍，不料今日竟有人敢与之作对，怒拍着海水、红着狼眼，叫骂挥舞着锋利的匕首、长刀向章千里和黄志远迫来。

章千里不躲不闪，硬生生一个"鱼跃龙门"跃出水面，将脱下的外衣抡成棒子，闪电般左右一点，姬眷生、东洋人立时如遭雷击的破砖残瓦，沉入水中没了影子。旁边的黄志远也成功将欧洲人击沉。

甲板上看戏的汪凡诏见受伤的李玉坤、任宇轩被人救起，又见章千里和黄志远出手果断，顿生怯意。表弟的死他不仅不悲伤，反倒一阵窃喜。任上海守备师长的姑父得知眷生死于章千里之手，就算他章千里会遁地，姑父也会掘地三尺将他找出，不怕仇无报处。想到此，担心待会章千里上船找他算账，再次躲进了头等舱包间，嘀嘀咕咕怂恿对面的尼尔为死去的欧洲人"伸张正义"。

疲惫回到船上的章千里、黄志远立刻被数个欧洲人围了起来，称他们是杀人凶手，要将他们捆绑送公共租界。船上数十华人连忙出面帮衬，让章千里、黄志远脱出包围。

"两位大哥，你们可得化化妆，不然下船会遇到麻烦。"一华人妇女对藏在她们舱里的章千里和黄志远说完，也不待二人点头，拿出了化妆用品和假发。

半小时后，客轮抵达上海十六铺码头。蓄背头、着灰色中山装的工人运动委员会负责人唐瑞升，领着前来迎接章千里、黄志远等人的方智鸿同志等候在了码头。

头扣黑礼帽、伴在英国人尼尔身边的汪凡诏，很快从欢天喜地与亲人团聚的人流中，找到了化妆成洋人的章千里和身材偏瘦、化妆成妇女的黄志远。

随纷乱的人流，汪凡诏不声不响将尼尔拥到了章千里身后，快速从腰间拔出寒光闪闪的匕首，刺向提着小包、打算帮他逮捕章千里的尼尔腰间。他要让章千里尝尝巡捕房的各种酷刑，而后公然枪杀之，方解他心中多时的忌恨。

"杀人了……杀人了……那个戴假发的高个，杀害洋官员了……"

码头上警哨声瞬间大起。

"抓住那个杀洋官员的凶手，别让他跑了。"汪凡诏在人群中继续高喊。

十多个维持秩序、手持警棍、枪械的警察立刻拔拉着慌乱的人流，向头戴假发的章千里冲了过去。

突发事件让前来迎接的方智鸿和唐瑞升大吃一惊，章千里怎可能无故杀人？两人交换了下眼色，快速思考着如何应对突发事件。

章千里见警察涌来，对身边的黄志远道："以汪凡诏的反应，应该不知道我们回国的原因。你赶紧随袁道楷他们去找唐瑞升。汇合后立即离开码头，不要因为我与汪之间的恩怨惹出对组织不利的麻烦来。到小东门的路我熟，快走。"

"你去哪？"黄志远大急。

"我去拿了那条恶狗。"章千里说完取下头上假发，矮身向汪凡诏追了过去。

黄志远张张嘴，本想跟过去，但望着脚边那三口沉甸甸的皮箱，只好停下。箱子里的衣物丢了不要紧，好不容易从法国带回的幻灯设备、革命资料和进步书籍怎能丢下？个子矮，乱哄哄人群里看不见袁道楷等人的他，转念一想，身手不凡的章千里应该没什么安全问题，随即拎起皮箱匆匆朝码头的街口走去。

汪凡诏见章千里撵来，故意显得惊恐万状，再次尖起嗓子高喊救命，无头苍蝇般的警察立时扭身赶了过去。

"汪凡诏这是在故意诱我。"身材高大的章千里心里猛然一省，随即闪身进了码头边的胡同。

提着皮箱的黄志远很快与唐瑞升、袁道楷他们汇合。唐瑞升听说制造凶案者是临时政府官员邓泉润的亲戚汪凡诏，很是担心老同学章千里的安全。但警笛四起，警力越聚越多，再不离开，黄志远也极有可能被汪凡诏告发，到时怕是连前来迎接的方智鸿同志也会受到牵连，甚至影响到整个"燎原计划"和两天后的运动，加上知道章千里功夫高、知晓联络地点，他让司机启动雪佛兰离开了凌乱的码头。

躲在巷子里的章千里见汪凡诏正与巡捕交涉，估计是在亮明他官员亲戚的身份。连忙疾步拐出小巷，跳上一辆人力车。本想对车夫说去左边的小东门，担心汪凡诏带巡捕追来发现行踪，改口称前往霞飞路。

霞飞路，是条以欧洲样式布局的商业大街。西餐、西点、外国商店，名店林立，名品荟萃，堪称同业之最，时尚之源。

"这鬼世道，太他娘的不公道了。"车夫边跑边牢骚。

"朗朗乾坤，满街外国老鼠，哪来的公道！"

"这位先生说的极是。哎！"

此时，租界巡捕如蚁般扑向各个街口。章千里忽然意识到自己此时"凶手"的身份极有可能连累到这位无辜的人力车夫，"麻烦靠边停下。"

"霞飞路还远啊？"车夫慢了下来，一脸不解。

啪啪啪……

"他这是在临死前装伪善。"提着东洋刀的汪凡诏从拐角处拍着巴掌拦在了人力车前面，"姓章的，今儿我倒要看看你的功夫与这两根黑棍子相比，谁更厉害。"他得意地向身后两只黑洞洞的长枪扬扬油光光的中分脑袋。

第三章

　　面对枪口，车夫并未显出常人的那种慌乱，冷冷撇撇嘴："一条随人生活三两月的宠物，关键时刻也会帮主人吠两声。看你不像东洋犬，怎么朝自家人吠啊？"

　　"这比喻恰当！"章千里没料车夫如此有胆识、出口不凡，竖起拇指。

　　"砰砰……"

　　汪凡诏恶狠狠一挥手，身后那两只枪口立刻冒出白烟。车夫两腿一软，倒在地上。

　　"狗奴才。"章千里大怒，从三轮车上腾身飞起，宛如大鹏展翅，一记漂亮的连环腿，将两个持枪巡捕扫出数米之外，昏死在了地上。

汪凡诏并未逃跑，而是舞着锋利的东洋刀欺身而进，照面就是一通凌厉快捷的斩劈。

章千里见汪凡诏如此拼，知他绝非是为了逞强。原因只有一个，拖住他，等候巡捕房和东洋人的到来。想要取胜，一时半会不能够，想离开，轻而易举。但受伤的人力车夫定会被没了人性的汪凡诏屠戮。如此一想，他加大了攻势。

两腿被伤的车夫看出了汪凡诏和章千里之间的实力差距，也明白这坏蛋是想拖住章千里，顾不得疼痛，连番催促："别管我，壮士快走，快走。"

"走，还不容易。"章千里说完，闪电般一个"懒驴打滚"抓起地上的长枪。汪凡诏大骇，转身没命逃离。章千里担心车夫伤势，并未追赶，用枪托毁掉车牌号，俯身抱起车夫闪入旁边的小街。

"前面三十米左右……左边路口……拐进弄堂……"车夫为抱着他奔跑的章千里不停指路。

章千里按车夫的指点，三弯几道拐敲开一座四合院的大门。刚进院子，就听"汪汪"的犬吠声。"得牺牲你身上的褂子了。"他向车夫伸出手，指指地上的血滴。

脸色惨白的车夫愣了下，旋即明白过来，咬着牙快速脱下汗衫。

"我瓜叔，他，他怎么啦？"那个开门的十五六岁男孩一脸惊骇，望了望眉头紧蹙、靠坐在院角石台上、双腿滴血的车夫，低声问擦拭院里血迹的章千里。

"恶狗伤的。"

"阿明，我……我……我只是来求点伤药，待会就离开。"车夫歉意地对男孩说。

"他家有医生？"章千里抬头重新打量着院子。

小院里摆设简单，就几盆盆栽，一副石磨，窗明几净，空气里散发着一股子淡淡的药味儿。

"阿明爸，我表哥，开生药铺的，啥药都有，所以才让您送我来此。"车夫连忙解释。

犬吠声越来越清晰，章千里看了眼阿明，尽量带出微笑："小兄弟别害怕，一会儿我引开警犬就没事了。家里有酒精吗？"

"有。"阿明点点头，"我给你拿。"说完转身进屋，几秒钟时间就将酒精递到了章千里手里。

章千里见院墙下有张长藤椅，忙将它挡在了车夫身前，用酒精（酒精、香水、胡椒粉等能破坏狗的嗅觉）快速在院里、院门前撒了几滴，"闩好门，别出声。"吩咐完阿明，提着汗衫风一般卷出院子。刚刚拐到巷口，汪凡诏、巡捕和警犬就到了阿明家门前。

"怎么不见血迹了？"巡捕见警犬在阿明门前显得烦躁不安。

"一定是进了这院。"顾忌章千里的汪凡诏趴在门缝上朝里张望着。

院内的阿明和车夫大气也不敢出，两股打战，冷汗直冒。

"汪汪……"汪凡诏正要砸门，警犬突然发力向巷口奔去。

听见脚步声远去，紧张得神经快断弦的阿明才大大松了口气。

吱……

急奔到巷口的章千里差点与一辆疾驰的轿车相撞。

"找死啊？"司机怒骂道。

"对不起，对不起！"

警犬的粗重喘息声已从拐弯的巷口传来，向轿车司机赔完礼的章千里转身欲去，突见轿车尾部有个挂钩，正不知如何妥当处理手中汗衫的他，心中一喜，顺手将汗衫挂了上去。闪身进了旁边的小吃店。

警犬在街口略做停顿，带着汪凡诏和荷枪实弹的巡捕向轿车消失的方向追去。

唐瑞升等人刚到小东门宅院前，就听见两声枪响。他急忙让司机小路领着方智鸿与黄志远、袁道楷等人进了院子，自个驾车寻枪声而去。

此刻，大街小巷已经三步一岗五步一哨，巡捕和便衣们在人群中疯狂搜索、寻找，凡身高1.70~1.80米左右的年轻男子一律细查。

唐瑞升开着车，在枪声附近的几条街上兜了一圈，见满街巡捕和日本浪人如无头苍蝇一般嗡嗡乱转，搅得人心惶惶、鸡犬不宁。由此证明章千里目前是安全的。他猛然醒悟，章千里此刻绝不会停留或出现在联络地点附近。以他对章千里的了解，为了摆脱巡捕房的追捕，应该是声东击西，先去人多的地方，然后脱身。想到此他调转车头向霞飞路开去。

在小吃店玻璃窗前边喝粥边留意街上情形的章千里，见一辆轿车停在了街对面的百货大楼楼下。车上下来的居然是唐瑞升，立时明白是在找他。此时出去必然不妥，他审视着周围。

唐瑞升平静地倚在车身点燃了香烟。与此同时，两个巡捕向小吃店走来。见势不妙，章千里趁店主招呼客人，取过吧台上的厨师帽和围裙闪进后厨，从后门钻了出去。

"号外号外……日本纱厂老板惨无人道，打死讨薪工人……"

"来一份。"

头扣厨师帽、脸上涂花、系着脏兮兮围裙、弓着腰倚在巷子口的章千里向报童招招手。

"师傅，给。"报童脆生生递过一份油墨浓郁的报纸。

吧嗒着香烟的章千里接过小孩手中的报纸："去找那轿车旁抽烟的人拿钱。"他朝三十米外的唐瑞升扬扬下巴。

"你买报纸他掏钱？"报童以为被章千里戏弄，想要收回。

"他不但会掏，还会掏两份的钱。说不定还送你个东西什么的。"章千里微微一笑。

"你骗人。"报童眼底忽闪着狐疑。

"你对他说一个烤烧饼的人让买的，他欠我饼子钱。几步路就到，过去就知道我说的真假。愣着干嘛，快去！"章千里一本正经的样子。

报童望了眼不到四十米的对街，想想也是，便"嗒嗒"向唐瑞升跑了过去。

抱着膀子倚在车上边抽烟边左顾右盼的唐瑞升，听报童说一个卖饼子的师傅让他买两份报纸，立刻明白是章千里。在法国上学的时候，他俩各自给对方取了个外号，他叫"饺子"，章千里叫"饼子"。他们取这样的名字并非信口而为，是希望将来中国老百姓能随时随地吃上饺子和饼子，过上好生活。

唐瑞升向斜对门的巷子口望去，头戴厨师帽的章千里向他竖起食指晃了三晃。这是他俩在法国多次搞学生运动、工人运动时的一个默契暗语，表示有事未完。省然的他当即从车上拿出个小包交给报童，耳语了句，给完铜板上车走了。

章千里接过报童手里的东西，转回巷子，展开大步复向藏车夫的阿明家走去。"也不知道车夫的伤势如何，人家可是靠两条腿吃饭啊！"

笃笃……

连敲三次，院门后才传来阿明发颤的声音："谁？"

"刚刚离开的大哥哥。"章千里小声回答。

院门无声开了，面色苍白，一脸悚惶的阿明打量着换了身装束的章千里，探头瞧了瞧，轻声道："大哥哥，瓜叔流了好多血，姐姐正为他清洗。"

章千里反手闩上院门，快步进了屋子。

屋里，一位二十上下、学生打扮、五官素丽的女孩，正慌乱地为车夫擦拭着腿上的血污。

"有纱布、剪刀吗？"章千里摘下厨师帽、扯去围裙。

"有有有，麻药、止血钳、止血药都有。"女孩一迭连声。

章千里挽起袖子，动作利索地剪开粘在车夫腿上已凝固的血裤。专业医生般快速清理完伤口，仔细检查了一番，敷上止血药才松了口气。

"要紧吗？"女孩瞟了眼满脸汗珠的车夫，小声问。

"养一段时间就好。"章千里擦了把汗，"左腿只被弹片撕掉一块肉，洞穿的右腿万幸没伤及到骨头。"

"你什么人？"女孩打量着身穿绸面的章千里。

"刚毕业的学生。"

"外国回来的吧？"

砰砰……

院门传来叩击声。女孩红润的脸蛋顿时煞白，停止了追问。

洗手的章千里迅即扫视着这间三十来平米、除了沙发柜子毫无隐蔽之地的屋子，"有没有其他藏身之所？"

"里屋有个药窖。"阿明显得较为镇定。

"带路。"章千里抱起车夫。

"好。"虽然慌乱，但敏捷得像猴子的阿明推开侧屋门，快速挪开靠窗的大圈椅，掀开那块与地面颜色一样的木板，一个方正的洞口立现眼前。"下面很宽敞。"他向章千里扬扬下巴。

砰砰……砰砰砰……院门再次响起，有节奏的两声再三声。

"是熟人。"惶遽的女孩在门边轻声相告，转忧为喜，说完跑了出去。

放好车夫的章千里回到屋子，玻璃窗外一工作装中年男子与女孩轻声说了些什么，女孩便急急回屋。

"有什么可以效劳的吗？"章千里问。

女孩没回答，转身对阿明道，"瓜叔藏药窖里应该没问题。我有点要事离开一会儿，你把好门，等爸爸回来。"随后向章千里欠欠身，"谢谢您！"

"我洗完手，马上离开。"章千里扬扬沾有血迹的手。

"麻烦您了。"女孩急急出了门。

女孩离开不到一分钟，屋后、隔院就隐隐传来急促的砸门声，继而人声、犬吠，嘈杂声一片。

砰砰砰……

"开门开门……"

巡捕开始挨家挨户搜查了。

章千里见努力保持镇定的阿明身子在悄然发抖，轻轻把住他的肩，竖起拇指，"你很勇敢。要不你锁上门去家里的药铺避避咋样？"

"警犬会嗅到我身上有瓜叔的味道吗？"阿明瞟了眼院门。

"带瓶酒精啥事都没了。"

"哦。"

"对了，先不要告诉家里大人你瓜叔藏在药窖的事，他们会担心的。"

"你真是外国回来的学生？"阿明停下迈出的腿，机灵的目光在章千里国字脸上来回扫描。

"别问了，赶紧锁门去。"章千里催道。

"你呢？"

"收拾好屋子就离开。"章千里指指凌乱、有血迹的客厅。

"哦。"阿明拉开抽屉，抓起大铜锁跳了出去。

尽管门外、隔院已经鸡飞狗跳，章千里仍坚持打理完屋子，用酒精在屋里、院内和院门前布置了一番，才越墙上屋顶奔小东门而去。

霞飞路和小东门皆是旧上海的繁华大街，本该人流如织，热闹非凡，而此时的街道上除了蚂蚁一般多的巡捕、便衣和日本浪人，鲜有闲人走动。

小东门街口，租界巡捕拦住一个子高大、黄头发、着礼服的洋人要盘查，立刻遭到洋人的怒斥。

巡捕没理睬，仍对其叽叽咕咕盘问。礼服洋人镇定自若，对答如流。巡捕很快对其放行，并发了张通行卡片。

礼服洋人钻进旁边的铺子作了短暂逗留，确认无人跟踪和留意，才闪身出门拐入一条小街。数分钟后，他叩响了挂着小东门附33号的门环。

吱……

朱漆院门很快拉开一道缝。

　　"找谁？"开门的是数分钟前与阿明姐姐一同离开的工作装中年人，他不友好地堵在了礼服洋人身前。

第四章

　　"郭英杰在吗？"礼服洋人边问边回头瞟了眼安静的小巷，确认无人才揭下头套。

　　"你是？"

　　"他是我们的贵客。"出现在中年人身后的唐瑞升，上前一把拉住分别两年多的老同学，"千里兄，你快让我急死了。"

　　"幸亏你送的道具，不然没这么快过来。"章千里紧握住唐瑞升的手，"贤弟呀，你什么时间学会了只长骨头，不长肉的技术活？"瞧着这个在法国时有小胖墩之称，而今瘦得像排骨的同学，嘴上打着诙谐，心里却一阵阵难过。

"瘦点精气神会更足。你没见《西游记》里面的孙悟空，身上不到二两肉，上天入地，降妖捉怪万般能，多潇洒多酣畅。"唐瑞升风趣地笑道。

"这样说，我岂不成了只会长膘的天蓬元帅？"章千里笑着拍了拍健硕的身板。

"有你这么标致的八戒吗？"

"对了，李玉坤和任宇轩没事吧？"

"幸好受的只是皮外伤，已送朋友诊所去了。可恶的汪凡诏……"

两人手牵手穿过摆满青翠欲滴盆栽的天井，四十平米左右、古香古色的客厅正中，一幅笔力遒劲、意气昂扬的"长风破浪"字匾，成了整个屋子的点睛之笔。

"赵大师作品。"章千里竖起拇指。

"呵呵，只当你真夸。"唐瑞升拱手道，"里屋请！"

房门开处，一位身着蓝衫、大背头的戴眼镜男士向章千里一抱拳："章先生对吧？"

"正是在下。"章千里还礼道。

"没有智勇双全，哪来的化险为夷，佩服佩服！在下方智鸿。"方智鸿伸出手。

章千里连忙施礼："方先生名满天下，荣幸之至！"

唐瑞升来到身穿白绸、气宇轩昂的年轻人面前，"这位就是郭英杰同志，也是这屋子的主人。"

"可得纠正下，是这屋子的租客。"郭英杰笑着伸出手。

"英杰兄，幸会幸会！"

"神交已久，幸会幸会！"

唐瑞升接着向章千里介绍了开门的中年人，杨力。

在介绍到女孩时，两人相视一笑。章千里见众人茫然，解释了救人力车夫于她家相识的经过。

女孩叫郑雪晴，上海女子中学学生代表。

待大家落座后，方智鸿切入正题："千里同志，你刚追的那人，听说是北洋政府邓泉润的亲戚？"

"是的。他不仅是北洋政府的忠实信徒，现在已成为公共租界（1863 年英美租界合并而成）的爪牙。"章千里回道。

方智鸿略略沉吟了下道："这次汪凡诏除了针对你个人，觉得还有没有其他企图，或者发觉了你们什么破绽？"

"船上五十个日夜，我们几个几乎没交流，更谈不上什么泄漏。"

"那就好。现在我向大家转达下组织上召各位回来的原因。自孙先生辞世后，时局每况愈下，帝国主义、政客、军阀对黎民百姓更是变本加厉地剥削，至人民生死于不顾。鉴于此景，上级组织研究决定，在上海、北京、南京、武汉等城市，同时开展反帝国主义、反军阀的'燎原计划'。所以不远万里将革命斗争经验丰富的在座各位召回，是希望你们在这些城市能够充分发挥出光和热……"方智鸿讲到此顿了顿，"人员安排上，袁道楷、李玉坤两同志分别去北京、南京；柏继肖、任宇轩两同志去武汉；

章千里、黄志远两同志留上海。但是，鉴于汪凡诏的出现，二位需要潜伏工作一段时间才能公开露面。"

"能为革命工作就是莫大的荣幸，怎么都成。"章千里道。

"大家对工作安排有没有异议？"

"无异议。"众人纷纷表态。

"后天有场大运动对吗？"章千里突然问身边的唐瑞升。

"是的。"

"章千里向组织申请参加后天的大运动。"章千里转向方智鸿大声道。

黄志远见状立刻道："黄志远申请参加后天的大运动，请组织准予通过。"

"刚刚不同意潜伏一段时间再公开露面吗？"方智鸿笑问。

"参加完大运动再说。"

柏继肖和袁道楷也相继请求。

方智鸿想了想说："像你们这样的人才能参加运动当然越多越好，但目前你们面对的不只是汪凡诏，八成都上了法租界巡捕房和警察局的逮捕榜，不利于运动的开展，也不利于你们个人的安全！"

章千里扫了眼工人代表杨力和学生代表郑雪晴，担心两人革命工作经验不足，心理压力大。略略思索了下，将方智鸿请到隔壁。

"运动启动前，我会想法引开汪凡诏、巡捕房和警察局的注意力，确保运动的正常运行。不过，凭多年的运动斗争经验，就算没汪凡诏这档子事，运动也极有可能受到法租界的打击或镇压。"章千里顿了顿，"我和黄志远反正已经成了巡捕房的追捕对象。所以，后天小东门、城隍庙这边的宣传、演讲、散发传单等工作，我们出面更合适。本地的同志可以去更重要的岗位搞指导和做好应对措施。另外，租界对我们的逮捕令应该短期内不会撤销，我留在上海，无论地上还是地下，都不利于开展革命工作，甚至会拖了'燎原计划'的后腿。故而，我想运动后申请到革命宣传力度稍弱的山州地区去协助组织工作。请先生和组织上酌量，看看是否妥当。"

"好吧，其实山州也在'燎原计划'之内。只是目前人力有限，因此……"方智鸿抚着章千里的肩，"山州距离上海得十来天的航程，你们刚刚在海上颠簸了近两月，缓缓再决定行程如何？"

"千锤百炼出深山，烈火焚烧若等闲。千里这副身板就是为革命而生，为工作而活。只要组织需要，革命需要，千里愿到任何地方。况且我和志远都是益省人，更应该回到革命工作薄弱的老家拓展燎原之光。"

"行，我稍后向上级汇报。"

两人回到客厅。

背着手在客厅里踱步的唐瑞升对章千里道："街上已经挨家挨户搜查。特别是你和志远已经上了布告，不能露面了！"

"没料到，我和志远一没花钱，二不出力，转眼就成了名人，难得。"章千里风趣地笑道。

"呵呵，不止我们增大了回头率，连同龄人都跟着'享福'了。"

黄志远大笑。

方智鸿向上级电话汇报完章千里等人的申请，回到客厅接着安排后天的工作，"上级通过了几位后天参加运动的请求。章千里、黄志远、郭英杰三人负责指导由杨力同志组织的工人和雪晴同志组织的学生一组，在小东门、城隍庙等附近几条街道演讲、宣传和游行活动；袁道楷、柏继肖同志随唐瑞升同志带工人学生二组，前往霞飞路、洋泾浜、诸家桥等街道，指挥、带领和引导宣传……"

"个人觉得，为确保运动不受影响，应该将汪凡诏这样的城狐社鼠，尽快除之。"很少发言的柏继肖道。

"我立刻安排'屠狗队'。"工人代表杨力站起身。

"眼下，怕是无法靠近那贼的。"郭英杰道。

"是的。汪凡诏只是一只小跳蚤，不能打草惊蛇，因小失大。"章千里说完向方智鸿挪了挪凳子，"我听报童吆喝上海发生了日本纱厂打死讨薪工人的事。当时事出突然，没来得及详细了解。后天的运动是不是与此有关？"

"有关，但不全是。"方智鸿神情凝重地环视了眼大家，清了清嗓子，随后讲述了 5 月 15 日发生在上海日商内外棉七厂，日本资本家故意停工、停发工人工资，工人顾正红带领群众理论、讨要工资时被资本家枪杀 10 余人的罪恶事件。

"外寇竟敢在我国土如此嚣张、强横，视我同胞性命如草芥，可恶至极。"章千里虎目圆睁，黄志远、袁道楷、柏继肖的拳头也捏得咯咯响。

方智鸿继续道："事件发生的第二天，就发出了通告，要求我们援助上海工人的罢工斗争。"

"这么紧张的时间，你们怎么能去码头接我们啊！"章千里颇感过意不去。

"再忙，接人的时间还是有的嘛。"唐瑞升微微一笑。

黎明的曙光将漆黑的幕缦打开，虽然天才刚刚开亮，上海市大街小巷已人头攒动。

天，在人们殷殷期待中，霞光万道。公共租界、南京路、霞飞路、小东门、兵浜路、城隍庙等街道路口，数千工人和学生已走上了街头。

化过妆的章千里和黄志远与工人、学生一样，亲自向群众散发反帝传单，登上高处进行演讲，揭露帝国主义5月15日枪杀找资本家要求复工讨要工人工资的工人顾正红和抓捕无辜学生的罪行，并反对"四提案"。

"上海是中国人的上海！"

"收回外国租界！"

"打倒帝国主义！"

冲霄的反帝口号，让外国租界惶惶不安，他们很快调集警力扑向各街头。

此时，巡捕房、警察局分别接到报案。报案人称，在十六铺码头、城郊发现了"蓄意"与政府作对，准备"造事"的头目章千里、黄志远、袁道楷等人踪迹。

已被任命为稽查队长的汪凡诏挥舞着驳壳枪，尖着嗓子高声吩咐："兄弟们，不要被捣乱的小鱼小虾混淆了我们的视线，擒贼擒王，留意布告上的缉拿对象。对于那些虾兵蟹将，回头再收拾。"

城郊、码头、街道，到处能见到被通缉的"章千里等人"的影子，气急败坏的汪凡诏领着警力满世界跑，一个没抓到。气急败坏的他，尽管知道上当，仍咬牙切齿地狂追烂打。

揭露帝国主义罪行的学生们，让租界当局恼羞成怒，他们出动大批警力，公然对手无寸铁的学生、工人群众开枪镇压、逮捕和驱逐。

章千里、黄志远等人见帝国主义侵略者对赤手空拳的工人、学生动武，立刻与手持武器的巡捕展开了搏斗。在救援学生时，章千里、黄志远、袁道楷、柏继肖等人均受到不同程度的伤害。

当天，巡捕枪杀了工人学生群众10余人，重伤30余人，拘捕百余人。由租界制造的"五卅惨案"，不仅震惊全国，全世界也为之哗然。

次日，上海总工会成立，五卅爱国运动，将国民革命推向了高潮。

三天后，袁道楷、柏继肖、李玉坤、任宇轩分别离开上海，各自前往组织安排的城市参加革命工作。

申请回山州工作的章千里和黄志远，却被汪凡诏带人死死困在了小东门。组织上派人几次与租界协调，均被告知"杀人凶手，绝不姑息"。唐瑞升带人欲协助他们离开也未成功。

　　虽然汪凡诏和巡捕并未查获章千里、黄志远的藏身处，但他坚信两人尚在掌控之中。三步一岗五步一哨的警力他还嫌不够，向姑父姬同新要来军队，加强了东南西北城门的警戒。

　　顾忌黄志远身体有伤，不肯单独行动的章千里一时间陷入了龙搁浅滩待潮起，虎困深山等风来的境况。

第五章

　　第四天凌晨，正在章千里、黄志远焦灼难眠的时候，唐瑞升带着郑雪晴以老人病故报丧为借口，急匆匆来到小东门附33号。

　　"那个被汪凡诏杀害的租界议员尼尔黎明时分出殡，要出西门。"

　　"啥，外国人葬在咱们的国土上？"黄志远瞪圆了眼。

　　"贫民出生的尼尔在租界并不受待见，妻子早逝，无儿无女。国内也无直系亲属。使馆那些势利的家伙向来是多一事不如少一事。所以请牧师将他安葬在城西，算是代表他回了西方老家。"唐瑞升解释说。

　　章千里立刻明白唐瑞升的来意。外国人出殡，汪凡诏是无权干涉的，应该是打算让他借送葬出西门绕道江苏。

近几天忙于大运动筹备的唐瑞升并不知道，汪凡诏不仅是北洋政府上海警察局的稽查队长，还被租界聘为综合治理组组长，有权过问租界官员事务。

在地下室憋了几日的章千里，开心地取过皮箱，三两下将里面的革命幻灯片和革命书籍取出，只留了几件衣物。

"怎么回事？"听到响动的郭英杰从隔壁赶了过来，唐瑞升重复了尼尔出殡的事。

"还需要什么帮助吗？"得知情况的郭英杰连忙问。

"烦英杰兄弄两套不同类型的衣服如何？"

"没问题。"郭英杰回身出了门。

唐瑞升见章千里快速收拾着东西，心里有种说不出的难受，本以为在法国多次并肩战斗的同学战友，以后能在上海同显身手，并肩作战，不料就这样默默分别。

很快抱着汗衫从隔壁出来的郭英杰，瞟了眼章千里箱子里的假发："千里同志的假发可以继续一用，但志远同志也得化化妆，不然换件衣服就出去，怕是不行的。"

紧咬嘴唇，一直没发言的郑雪晴，两只小手紧紧攥在一起："我和郭先生已计议了个办法……只是得委屈黄先生下，不知……"

"什么委屈不委屈的，要脑袋也给。"黄志远粲然一笑。

"那行，请黄先生到隔壁。"郑雪晴开心地领着黄志远去了隔屋。

唐瑞升望着章千里从皮箱里拿出来的一大摞革命宣传资料，

"你打算让它们走水路？"

"是的。麻烦二位想法将它们寄往山州。对了，黄志远同志体弱，胳膊有受伤，陆路行走极为不便，看看能不能在哪个码头给他安排下？"

"你独自走陆路？"郭英杰问。

"分开走目标小，方便脱身。而且汪凡诏的目标主要是我。对了，我们一会儿怎样进入尼尔的送葬队伍？"

"还记得那个本沙明吗？"

"一个非常友好、同情华人的朋友，他什么时候来上海了？"

"三年前到的上海，他现在是法国领事馆的一名官员，尼尔的葬礼由他协助操办。他知道你和志远被困的事后，一直在努力找机会帮忙脱险。待会儿郑雪晴仍将你化妆成外国人……只不知道能不能逃过汪凡诏那双狼眼！"

"如果事败会连累本沙明的。要不想其他办法吧！"

"这是个绝佳的机会，其他的办法眼下还真没有。"

"行，一会儿见机行事！"

三人正说话，忽见一挽发髻、身着和服、面目狰狞的日本人闯进屋来，"拉桑，各尼吉哇！"他向章千里、唐瑞升、郭英杰勾了勾身子。

"你是？"唐瑞升还没回过神。

"咯咯，连唐先生都不认得，汪凡诏也想不到。"郑雪晴掩嘴浅笑。

"哎哟，郑姑娘的化妆术，堪称绝技呀！别说瑞生兄，我天天与志远一起也没认出来。"

"郑姑娘准备给千里兄化成什么样？"郭英杰笑问。

"保密。"郑雪晴调皮地一挑娥眉。

半小时后，酒气熏天、歪歪斜斜、腰挂东洋刀的黄志远拥着化妆成青楼女子的郑雪晴顺利过了小东门的卡子。见黄志远成功离开，仍化妆成洋人的章千里顿时松了口大气，在唐瑞升离开后，为减少不必要的麻烦，他用飞抓从屋顶离开了小东门。

破晓前，本沙明与牧师已带着棺椁和送葬队伍到了西门。

"请打开棺椁。"闻尼尔棺椁要从西门出城，汪凡诏驾车早早候在了城门口。

"放肆，这是尼尔参议的灵柩。"本沙明满脸怒容。

"我们不分白天黑夜坚守于此，就是为了早早替尼尔参议找到杀害他的凶手。请打开棺椁！"汪凡诏态度坚决，随即向本沙明亮出租界颁发的综合组组长聘书。

本沙明见了，只好装作为难的样子和送葬官员、牧师嘀咕了一番，才勉强打开棺椁。

汪凡诏第一个动作就是检查尼尔的伤，他担心被章千里化妆骗过，随后对每个人开始认真甄别，头发、胡子也不放过。

躲在远处的唐瑞升、郭英杰没料到盘查的竟然如此严格，立马启动了第二套方案。

夹在送葬队伍中间的章千里与黄志远快速交换着眼神。巡捕很快检查到了他俩身边。

章千里盯紧着距离他越来越近的汪凡诏，蓄势待发；黄志远瞄准了一个挂着驳壳枪、长官模样的胖巡捕。

嘀嘀……

一辆雪佛兰开了过来，停在了送葬队旁边，戴着金丝眼镜的郭英杰伸出头，"麻烦长官快快检查下，有要事出城。"

趁汪凡诏分神，章千里和黄志远突然发力，同时出手，擒住了各自的目标，夺下对方身上的武器。

"章千里，七八层重兵，就算你打死我，也难……"汪凡诏话未说完头上重重挨了一拳。

章千里拖着死狗般的汪凡诏，举枪冲车上的郭英杰一声怒吼，"下车。"

"这，这……"郭英杰战栗着。

砰……他朝郭英杰车顶开了一枪。

郭英杰立刻抱头跳下车跑了。

周围的巡捕围了过来。

"投降吧，你们逃不了。"黄志远扣在手里的胖巡捕，学着汪凡诏的样子威胁道。

砰……黄志远抬手就是一枪，胖巡捕的大耳朵瞬间没了踪影，肥白的脖子立时被染成红色，"兄、兄弟们……退……退远点……远点……"胖巡捕魂不附体。

拖着汪凡诏上车的章千里突见郑雪晴在后座，诧异却不敢招呼。待黄志远将胖巡捕塞进车里，他一脚踏下油门。

车子启动那一刹，装死的汪凡诏突然跳出副驾室，顾不上摔了个饿狗抢屎，就地一滚，逃离车身。雪佛兰不敢犹豫，箭一般冲向了城门。

摔掉牙、磕破嘴唇的汪凡诏顾不得疼痛，捂着血糊糊的下巴，哑巴一般鼓起眼珠子，含糊不清，"追，追……"舞着胳臂指挥乱作一团的巡捕、守城士兵上车追出城门。

砰砰砰……啾啾啾……不同的子弹带着呼啸，恍如炸窝的马蜂般追了上来。雪佛兰很快中了几枪，更多的嗖嗖声贴着车顶、车窗掠过。

"求求大哥，你我前世无冤，近日无仇，放……放了我吧。一家六口。不，八口全赖我养着……"胖巡捕为了活命连家里的猫狗都加上了。

"这条道通往什么地方？有几个卡子？"章千里镇定地问。

"通往嘉善……此路不太好走……前面还，还没设卡。"胖巡捕老老实实回道。

"有快道吗？"

"没没，就，就这条……大哥，您大慈大悲，放了我吧，我没做过任何坏事，求求您了……"

"闭嘴。"因剧烈运动挣破伤口的黄志远听只有一条道，心里发急，忍不住一声暴喝。胖巡捕立马咬紧了厚嘴唇。

离开城郊，道路越来越坑洼不平。大公路上风驰电掣的雪佛兰很快失去了优势，歪来倒去、摇摇摆摆像个醉汉。狂追的吉普、军车从1000米到500米、300米、200米，破空而来的子弹反而稀少起来，汪凡诏狞笑着要将章千里活捉。

与黄志远、胖巡捕挤在后座的郑雪晴在密集的子弹下不叫不喊，看见敌人越追越近，不停地搓着手，她心知章千里不会滥杀无辜，担心胖巡捕活命后告发她是同伙，而对郭英杰和家人不利，只好继续装无辜的受害人。

颠簸的雪佛兰，终于艰难跑到一林带的拐角点，章千里踩住刹车，"男的快滚，女的留下。"

胖巡捕如获大赦一般，连滚带爬跳下车。

"快快快，冲进前面那片林带。"见胖巡捕下车，郑雪晴连声催促。章千里并未踏下油门，而是掏出了驳壳枪。

80 米、50 米……

"快走呀！"郑雪晴大急。

"车坏啦？"黄志远眼珠子快跳出眼眶了。

吱……吉普车在 10 米之外来了个急刹。

"哈哈哈……"

汪凡诏狂笑着、谨慎地打开车门。

砰砰……章千里甩手就是几枪。

子弹贴着头皮飞过，汪凡诏吓得一缩脖子，回到了车内。

呜……雪佛兰一声怒吼，脱缰野马般射了出去。

"追。"惊魂未定的汪凡诏大叫。

轰……轰……

雪佛兰刚穿进土道林带，路边的几株大树就同时轰然倒塌，将追车牢牢隔了开来。

"快。"

章千里跳下车，拉住东张西望的郑雪晴就跑，好在黄志远只是胳臂负伤，行动还算敏捷。

"章先生。"头戴鸭舌、骑着黄骠马的工人代表杨力和身后三骑从林带里迎了出来。

"给我追。"暴跳如雷的汪凡诏挥着胳臂。

哒哒……哒哒……

杨力和行动队员端起冲锋枪，向从树枝下冒出的脑袋就是一通狂扫，立时传来一片鬼哭狼嚎。

郑雪晴突然丢开章千里的手，一个漂亮的燕子翻身，上了道旁备好的黄骠马。"快。"她伸出手。

"磨蹭啥，赶快和郑姑娘走啊！"章千里边射击边冲发愣的黄志远大喊。

"一起走。"黄志远掏出胖巡捕的驳壳枪进入战斗。

"章先生、黄先生，你们赶紧走啊，快啊……"倚在树后和敌人对射的杨力额上青筋暴涨，"高晓林，带他们走。"

"是。"叫高晓林的黑大个行动队员一跃上马，不由分说一把将黄志远拉上马背，向林带深处"踏踏"奔去。

郑雪晴弯腰拉住章千里，"别让组织上的安排前功尽弃，队员们熟悉这里。快走。"

吱……吱……横在路上的大树后面，刹车声越来越多。

章千里一跃到了郑雪晴身后，冲杨力和两队员，"快撤。"

哒哒哒……

杨力待章千里、黄志远安全离开，才与两个挂了彩的队员上马朝另一条小道奔去。

　　汪凡诏见章千里、黄志远成功逃脱，围着那辆中了数枪的雪佛兰转了几圈。是辆无牌车。打开尾箱也未找到需要的东西，正要放弃，突见后座地上一把做工别致的猫头钥匙。捡起端详片刻，三角脸上露出了阴鸷的笑。

第六章

　　郑雪晴和行动队员高晓林带着章千里、黄志远，向虞城方向已经连续翻山越岭了三小时。在一处水草肥美、异峰突起的山下，放慢马速。这里是她和杨力定下的汇合地点。

　　举目四望，除了枝叶扶疏的幽静山林，未见到杨力的影子。"他应该先到的呀？不会没脱身吧？"郑雪晴心里暗问。

　　半小时前，催马疾驰的杨力和两行动队员快到预定地点时，发现多年前走过的那座通向对崖的跨涧木桥已然垮塌。四周山势陡峭，深涧绝壁，再无通道。只好掉转马头，另寻路径。

　　四周安宁，身后不见追兵，章千里拍拍马臀，"估计跑了差不多百里左右，再跑，它就直接趴下了。歇歇吧！"

"黄先生的胳臂也需要处理下。"跟上来的高晓林回头看了眼没着声、嘴唇发白、浅色衣袖已染红显得很虚弱的黄志远。

郑雪晴勒住马缰，"就地休息半小时。"

四人跳下马背，席地而坐。

"眼下已经安全，郑姑娘与这位队员先回吧！"章千里对汗津津的郑雪晴和高晓林道。

"我们必须将二位安全送达虞城的野猫口码头。我叫高晓林。"高晓林谨慎地打望着四周。

从水路离开自然比陆路上麻烦少，但要找条能够安全抵达汉口的船只，绝非易事。不知郑雪晴他们如何安排的。章千里默默思忖着如何离开的好。

麻利为黄志远换药的郑雪晴见章千里沉思不语，猜中他心事一般，"上级已经联络好了一艘到汉口的外国商船，很安全的。"

"此番回来，没能替组织分忧解难，反倒给组织添麻烦，带累大家！"章千里吁了口气，起身向哗哗流淌的小溪走去。

繁茂的林子里，数十双敌视的目光悄然观察着在草坪上停下的外来人。

"还是少主运彩，出马就遇财神。拿了吧？"手持鬼头大刀的樊秃子，低声向嘴里嚼着草棍的"凌云寨"19岁少寨主谢虎建议。

"财神个鬼。没见个个身上都带着硬火（枪）啊？"人高马大、一身腱子肉的谢虎吐掉嘴里的草棍。

"这几人的狼狈样，如果没猜错，应该是遭到了什么人的追杀。他们身上除了硬火，怕是没啥油水。况且，有可能是官府的人。"山寨管事啸山猫微眯着眼，煞有见识地抹着几根山羊胡。

"官府的怎么了？"谢虎微愠。

"是啊，官府的怎么了？没出息。"樊秃子撇了撇厚厚的嘴皮。

面对讥笑，啸山猫没理会，一双猫眼一眨不眨盯着去溪边的章千里，"四人中，此人最辣。"

"多辣？有咱少主辣？"樊秃子冷冷一耸肩，"这年头硬火比什么都值钱，还叫没油水，脑子有问题。"

"不说话会死呀？"谢虎瞪了樊秃子一眼，"你俩这样……"他低声向两人说了几句。

啸山猫见樊秃子没等谢虎话落就率人闪入密林，只好摸摸秃头领着几名提开山刀、背着弓箭的汉子向草坪上歇息的郑雪晴三人包抄过去。谢虎则带着两身材粗壮的大汉向背朝他们的章千里摸去。

溪边洗脸的章千里突感身后有异，立刻斜斜一个电光火石的弹射，成功脱离了谢虎手上那柄削铁如泥弯刀的袭击。

三年来，谢虎从未见过如此敏捷的身手。吃惊的档口，忽闻樊秃子得意的声音飘了过来，"再动，可就去见阎王了。"

郑雪晴、黄志远、高晓林三人的脑袋已分别被几张弓弩和火枪顶住。

"缴械吧！"谢虎双手环胸，上下打量着蓄势待发的章千里，心里很疑惑，"这家伙明明蹲着，怎么可以突然斜斜飞出呢？"

"放开他们。"章千里嘴角一勾。

"讲价可不好。背过身，双手抱头。"谢虎一副胜利者的姿态。

章千里瞄了眼被困的郑雪晴三人，听话地捧着脑袋缓缓转过身，一只青筋暴起的大手快速向他腰间伸来。

趁那只大手拔腰间手枪，章千里长臂闪电回勾，对方的咽喉立时被他拇指中指锁住。

只听樊秃子沙哑的声音再次响起："三个赚俩，这生意合算。小兄弟，出来混就得按规矩，怨不得哥哥无情了。小的们，回寨。"对被擒的谢虎毫无怜悯之态，与手下将已五花大绑的郑雪晴三人和两骑骏马拉着闪入密林之中。

谢虎见章千里胳臂一抬，要对他下手，故作镇定道："寨规，任何人被折，都不能与猎物交换。包括那个领头的秃子。我认栽，动手吧！"

"小兄弟走好，二十年后再做兄弟。"跟他来的那两大汉仿若给逝者道别一般，说完如樊秃子一样冷冰冰扭头奔林子而去。

绝顶智慧的章千里哪里懂得土匪、山贼的伎俩，顿时懵了，举在空中的手迟迟没落下。

谢虎暗喜，再道："寨子里捕猎队的人，凡被生擒过的，回寨必受三道刑罚……哎，还不如大哥给个痛快！"

"逃出半个算我无能。"章千里手下一用力。

"大哥取我性命，如捏死一只蚂蚁。不过想要追上他们，除非会奇门遁甲和三十二天罡阵。不然……"

章千里一惊，"狡狯之徒。"拉着谢虎向林子钻去。转了几圈，果然转回原点，只好一把将他推开，"带路。"

"要么交出武器、蒙上眼，要么杀了我。"谢虎昂着头，视死如归的模样。

章千里略一沉思，交出手枪，任其蒙上眼、绑住手。

伏在林子里的樊秃子等人见章千里中招，大嘴裂到了耳根，得意地站起身拍拍手，瞟了眼一旁的啸山猫，"猫子，你不说那家伙辣吗？"

趴在地上的啸山猫没搭理冷嘲的樊秃子，扭头认真而严肃地提醒道："秃哥，少爷这是要将四人带上山。那可不行的。"

"少爷的个性……"樊秃子的余光里突然出现谢虎鬼魅般飘来的身影，声音立刻高了几分，"少爷如此做，绝无悖逆之心，是要将四个官府贼子带回寨子点天灯。"

"秃哥，你忘了两年前的事？"

已到两身后的谢虎闻言勃然大怒，"来人，将这乱军心的家伙绑了。"啸山猫立时遭人拿下。

被绑成粽子一般、蒙着眼、堵着嘴的章千里和郑雪晴四人，由寨丁牵着在弯弯曲曲、磕磕绊绊的山道里足足走了个把时辰才停下。只听谢虎高声吩咐，"关到'水帘洞'去。"

"是。"樊秃子欣喜回道。

凡被关到寨子"水帘洞"的犯人，先是遭灌药酒，再被人拔去衣服跳"高低舞"。所谓"高低舞"，就是将犯人放到五米深、放满火炭的池子里。犯人为躲避不断倒下的炭火，惊慌腾挪，最终力竭，被炭火烧焦而亡。一种供施刑者娱乐的酷刑。

墨色浓云，一点点将美丽的蔚蓝徐徐掩去。

汪凡诏根据郑雪晴落在车上那把带猫头的黄铜钥匙，很快找到了郭英杰租赁的院子。可房东告知，租客昨晚就退房了。不死心的汪凡诏又拿出胖巡捕提供的郑雪晴画像，恐惧的房东立即告知此女子来过几次。汪凡诏很快找到了郑雪晴的家，逮捕了其父母和弟弟阿明。

杨力和两行动队员折回跑了数里地，才重新找到下山路径。没料被追来的汪凡诏两手下发现了行踪，悄悄尾随在了身后。

杨力三人来到预定地，发现地上杂乱的脚印和马蹄印，心知有异，便寻着痕迹向密林找去。可走着走着，那些脚印和马蹄就没了踪迹，尾随在身后的汪凡诏手下也只好跟着瞎转。

"凌云寨"位于云雾缭绕的大山山巅。阔大、粗犷简洁的聚义厅里，只有斜躺在圈椅上、跷着二郎腿的谢虎，专心把玩从章千里那缴获的战利品。

"哥哥。"一个七八岁的小孩蹦蹦跳跳来到谢虎身边，偏着小脑袋，"这什么呀？"

"走开走开。"谢虎扬扬手中的驳壳枪。

砰……

"哇……"

一声惊叫，小孩子捂着脑袋跌倒在地，小胳臂顿时沁出一片鲜红来。

一四十左右的灰色长衫汉子，脱兔般从外急奔而至，"什么情况？"

长衫汉子叫谢广民，"凌云寨"寨主。

"爹……哥向我开炮……呜呜……"小孩子大哭。

吓得脸青面黑的谢虎缓过神来，大叫寨医，"梅子堂，梅子堂，快救二少爷。"

顷刻间，聚义厅内外整齐有序站了两排手持大刀、弓箭的黑装、红装汉子。

小孩胳臂只被子弹撕掉一块皮。谢广民松了口气，夺过谢虎手中的驳壳枪，劈脸一巴掌，"哪来的？"

"回寨主，少爷今儿捉了四个官府爪牙。"哆哆嗦嗦站在聚义厅门边的啸山猫，为了活命顾不得得罪谢虎，大声回道。

啪……"逆畜。"谢广民冲谢虎反手又是一记耳光，眼睛血红，"将这不长记性的畜生关进水牢。"

嘴角流血的谢虎被俩红装汉子架了出去。

"寨主，少爷因樊秃子怂恿才……才拿了两双。"啸山猫拿余光偷瞄着杀气腾腾迈出门槛的谢广民。

"什么？带了四个回来？"谢广民张大了嘴。

"对。是，是三，三男一女。"

"说啥？"谢广民眼珠子都快掉地上了，仰天一声长叹，"死不知悔的逆种！来人。"

"寨主！"一身红装大汉一抱拳。

"老规矩，将人犯从矮到高，天灯，即刻。将小畜生拖去陪杀场。"谢广民仰着头、闭着眼沉声命令。

"遵命。"红装汉子大步向外走去。啸山猫连呼吸也不敢大了，浑身不受控制地战栗着。

山下转得头昏脑涨，仍找不见上山路径的杨力，与两行动队员低声一番交流，独自催马向三十里外的"野猫口"码头驰去。潜伏在密林里的汪凡诏两手下见状，一个暗随杨力，一个继续留在了林子里。

被樊秃子关进"水帘洞"的郑雪晴显得不骄不躁，章千里心里不禁暗暗喝彩，"如此允文允武的女生实在不多啊！"

"高大哥。"郑雪晴笑望着捆在旁边柱子上、垂着眼皮的高晓林。

"嗯。"闷声不语的高晓林抬起头。

"想啥呢？"

"哎，后悔你我不济，束缚了章先生、黄先生大显神通，不然他们怎会被小毛贼所困！"

"不是你们倾力相救，我和千里早已落入敌人的魔掌。"黄志远道。

"章先生，晴姑娘说你能对付三二十人？"高晓林忽然望着与他一般绑着的章千里，暗自对比着彼此的身型，觉得两人体魄差不多，这人咋个如此厉害，眼珠一转，又问了句，"更多，还是？"

"我，我哪有说过呀？"郑雪晴粉脸顿时泛起桃红，一双俏目快速瞟了眼想心事的章千里。

"死到临头了还卿卿我我。"樊秃子去而复来，一红装汉子紧跟其后。

"干嘛？"郑雪晴见红装汉子解开柱子上那根绊住她的铁链，

顿感不妙。

"呵呵，不干嘛，少主让你去做回表演。"红装汉子只说提人，樊秃子并不知道谢虎已被人提去了祭台，以为谢虎让这妮子去跳裸舞，荡笑着将面容姣好、身材凹凸有致的郑雪晴饱饱打量了一番。

"把那小毛贼叫来。他不是想与我一战吗？怎么缩头乌龟了？"章千里暗暗运力，试图挣开索缚，无奈指头粗的铁链纹丝不动。

第七章

　　樊秃子背着手来回走了几步，"你也太高估自己了，我家少主手再怎么痒，也不可能与个阶下囚动武的。"坏坏一笑，"不过，只要你能坚持'高低舞'半小时，少主定会放了你，也许还有她。"

　　"倒想见识见识。"章千里不明白什么叫"高低舞"。

　　"哈哈哈……"樊秃子笑得抽筋。

　　红装汉子未搭理装大尾巴狼的樊秃子，冷冷一撇长着猪鬃般胡茬的大嘴，推着郑雪晴出了水帘洞。

　　郑雪晴被押至寨后一个祭祀平台。台前一口盛满油的大缸，两边各站六个红、黑汉装的大汉和两个拿着麻布的白衫壮实妇女。

大汉将郑雪晴绑到一根水桶粗的木桩上。她明白过来，这是准备点她的天灯了。

点天灯，是古代一种极其残酷的刑法。把犯人的衣服扒光，用麻布包裹放进油缸浸泡。天黑后，将犯人头下脚上吊到高木杆上，从脚心点燃火。

郑雪晴被带走，章千里急了。赶紧使出学了半拉子的缩骨功。费了九牛二虎之力、蹭破粗皮才将左手从铁卡子里脱出。但经常使用、略略发达一些的右手，无论怎样努力也不能够脱出。灵机一动，将指上的戒指脱下。叮……戒指撞在青石板上发出清脆的声音。"兄弟，帮忙捡下行吗？"他向洞口、腰间挂着钥匙的守卫喊道。

"死到临头了还惦记身外之物，死有余辜的贪婪家伙。呸。"看守蔑视地呸了一口。

"哎，志远啊，看来你我难逃大限。只可惜还有几根苦苦守护的金条没能花出去！"章千里愁着脸。

"合该，昨儿让你分一根给我，弄死不肯。千算万算，没想到有此一回吧？"黄志远幸灾乐祸的样子。

看守听两人的对话，"老子叫你啰唆。"提着大刀故意怒冲冲大步向章千里走去。

樊秃子以为红装汉子会把郑雪晴带到谢虎设的"高低舞"池，不料带到了祭台，心下立时恐慌不已。两年前，17岁的谢虎趁父亲谢广民不在，率人下山故意劫持了两名官府人员，将其带至当时的"百乐寨"，百般戏弄侮辱后割下二人耳朵，驱逐下山，严重违背了"与官府河水不犯井水"的寨规。第二天，二人带兵围剿、血洗、烧毁了"百乐寨"。屠寨时，官兵连襁褓中的婴儿也未放过，寨主夫人也在此劫中丧生。原本五百余人的"百乐寨"，而今剩下不到百人。谢广民带着余下兄弟对官府进行连番复仇后，来到距离"百乐寨"百里外的"凌云壁"，在此安营扎寨。建寨后，谢广民严令手下打劫贫民，回避官府人员，以农耕为主。部分人、包括谢虎对谢广民的管理产生异议，背后牢骚不断，认为谢广民越活越窝囊。

"唉，那般娇艳的花朵居然拿来点了天灯……"躲在青石后的樊秃子盯着远处的郑雪晴正发感叹，一只大手突然钳住了他的脖子。

"不用遗憾，正要你去陪她。"

刚要骂人的樊秃子一听是谢广民，立时飞了三魂走了七魄，"寨……寨主，我……我劝过少爷……"

"将这家伙绑了陪杀场。"谢广民沉声向身后吩咐。

"是。"

"寨主饶命，寨主饶命……"樊秃子声嘶力竭。

面对杀气腾腾而来的谢广民，郑雪晴显得很平静，"不知小女子与大王间有什么不世之仇，欲施如此酷刑？"

愤怒的谢广民没料一个小女子竟如此泰然，不觉哈哈一笑："看你上过学，懂草菅人命一词吧？"

"大王喜欢这词？"郑雪晴蛾眉微微一挑。

"呵呵，草菅人命通常是强者对弱者。而今弱者将这词用在强者身上，是不是应该叫为民除害？"

"意思一个弱女子成了大王眼中的强者？"

"人人手里拿着真金白银都难买到的硬火。兄弟们，世上有这样的劳苦大众吗？哈哈哈……来人，将她的衣服给我扒了，放入油缸。"

噗……

谢广民话音刚落，一柄钢刀稳稳钉在了郑雪晴肩头的木桩上，肩上拇指粗的麻绳立刻断开。

"谢寨主这样对弱女子，是不是有点粗野了？"章千里英俊的脸上带出灿烂，身后站着一脸平静的黄志远和高晓林。

"来者何人？"飞刀割绳不差毫厘，谢广民大吃一惊。

"在下章千里章炳梧，也就是官府正通缉的杀人要犯。"章千里连名带字报了个通透。

"呵呵，平头百姓对你们那些鬼打鬼的游戏毫无兴趣。"谢广民双手自然地向身后一背，悄然握住了插在后腰那把刚刚没收的驳壳枪。

"这倒让谢寨主失望了，官府与我们好像没一毛钱的关系。"章千里警惕着谢广民的胳臂，只要有异，立刻放出扣在手心的飞镖。

"先生。"挣脱绳索的郑雪晴跑到了章千里身边。

数十个手持弓箭、刀叉、火枪的汉子，很快在谢广民身边组成"扇形"，悄然扩展开来。

谢广民没理会逃脱的郑雪晴，目光如剑，"男子汉说话能不能果断点，何方贵干？"他确认着对方的来头，只要与官府有一毫联系，无论来至何方，绝不留活口。

"来至反帝国主义、反军阀阵营的朋友。"章千里道。

谢广民沉吟片刻，对手下挥挥手，"退下。"

章千里等人悬着的心放了下来。

简洁而宽敞的聚义厅里，原木条桌上已摆好茶水、果盘。

谢广民为四人安排了丰盛的午饭，席间章千里谈了他与同学们在法国成功开展的一些革命运动。

"当年孙先生、黄先生武装起义尚没能左右帝国主义和当局政府，组织个几百几千人上街喊喊口号、罢罢工、罢罢课、罢罢市，你觉得对公共租界有用吗？"谢广民淡淡一笑。

"如果对外寇的践踏、欺凌、奴役、压迫，听之任之，与甘愿供人驱使的牲畜何异？"郑雪晴冷冷一别嘴。

"偏安一隅，不问尘世，表面安乐，宛如自由鸟儿，风雨之下的凄楚，内心的悲凉，只有它们自知。"仰头望着房梁的黄志远也是一脸嘲讽。

谢广民面上红一道白一道，高晓林不时拿眼瞧章千里，生怕谢广民翻脸。

章千里站起身冲黄志远、郑雪晴沉声道："前辈只是几句玩笑，你们居然浅薄当真。前辈若真两耳不闻尘世，又何必与我等坐谈没大没小，不知轻重，还不向前辈赔礼致歉？"

"呵呵。"谢广民呵呵一乐，"年轻人愤世嫉俗，厚重的家国情怀，值得鄙寨上下学习……"

"晚辈无知,言语唐突,还望前辈宽涵。"郑雪晴、黄志远向谢广民一勾腰。

"什么宽涵窄涵,家父不是那等鸡肠小肚之辈。"被人松了绑的谢虎,赤着上身,大步跨进聚义厅,扑通跪下,双手高举马鞭,"孩儿忤逆,不懂父亲良苦用心,乞望责罚。"

尴尬的谢广民面色一愠,没理会谢虎,端起酒碗,"现在陆路、水路怕都张满了几位的通缉令,不如小住一段时间再走的好。"

章千里拱手道:"蒙前辈垂爱。我等性命轻如鸿毛,革命工作重于泰山。虽没挽狂澜于既倒之能,但愿为革命燎原圣火尽一份绵力,粉身碎骨在所不惜。想而今一同回国的同志已奋斗在了革命前线,我等岂能为规避风险而偷安。"

轰隆……

一声炸雷打断了众人的谈话,山风骤起,雷鸣电闪。

章千里望了眼乌云袭顶的天空,面上一喜,"前辈,此时正是我等下山良机,就此告辞。"

谢广民待得一待,旋即明白过来,"几位稍等。"急步跨出聚义厅。

第八章

几分钟时间，回聚义厅的谢广民手里多了一封信，"野猫口码头我有一故交，他应该能够帮你们顺利离开。"继而转头对仍跪在地上的谢虎道，"好好送四位同志前往，再惹是生非，不要回来见我了。"

"孩儿遵命。"谢虎大喜，起身跑了出去。

夏日的雨，快捷、猛烈、欢畅而淋漓。

杨力冒雨来到野猫口码头按唐瑞升给的地址，很快联系上了码头总调度麻德康。

"唐先生这是给我出难题，大难题呀！"麻德康看完唐瑞升的信，苦着脸推回杨力放到面前的小布包。

"此事的确有难度，不然唐先生岂敢操烦麻总。三根小黄鱼略表寸心，还望麻总费费神。"杨力再次将小布包推向麻德康。

"安排两人离开尚比登天难。现在怎么又钻出一个女的来？三人万万不行的。"麻德康看了眼小布袋，咽了口唾沫。

"那女生父母、弟弟已落入租界魔掌，她不能再回的。"

"三人现在何处？"

"应该很快就会到来。"

"人还没到？"

"是的。"

笃笃……两人正密谈，骤然响起敲门声。

"快收起来。"杨力趁机将三根金条放在了麻德康写字台的抽屉里。

一后生推开门，快步来到麻德康身边勾下腰，在他耳边一阵窃窃，而后迅即离开。

麻德康掩上门，不快地回到写字台，"你搞什么呀，被人跟踪了都不知道？"

"怎么可能？"杨力大惊。

"那瘦子在屋周围已旋了一阵子，而后去了电话亭，必是给租界报信。你看你做的什么事，把我也给搭进去了。另找途径吧！"麻德康生气地从抽屉里拿出那个小布包。

杨力略略犹豫了下，从小包里掏出一根金条，"操烦麻总许久，些许薄意聊作茶资。"

假意推却的麻德康见杨力真要带走另两根金条，如何舍得，"你的人不是还没到吗？先将那个跟踪者想法甩开。我再另想想法子，如果实在不行，可别怨我。对了，那个暗探必然已经向上级汇报了你的情况，伤了他反而于事不利。不如这样……"

"好的。"

片刻，表情恼怒的麻德康拉开门，用力将一个包裹抛出，对杨力连推带搡，大声呵斥着。

气恼的杨力捡起包裹，骂骂咧咧上马而去。躲在暗处的探子继续远远跟在身后。

大雨，已经下了两小时。谢虎带着两寨丁和章千里四人，来到之前的草坪，正自前行，突闻林子里一声马叫，立感不妙。

专心守候在密林里的探子没料到牲口突然冒叫，吓得赶紧缩身草丛里。

"山寨里的马？"黄志远发问的同时，熟悉丛林生活的谢虎已如狸猫般闪入密林。

俄顷，林子里传来打斗之声。章千里、黄志远追了过去。

谢虎拿出吹发可断的匕首，顶在那个已被打得七晕八素、身体壮实的暗探胸口。

"饶命饶命，大哥饶命，三位大哥饶命。"暗探魂飞天外。

"我抽完三口，没听到想要的，你也没必要再讲。"章千里淡然地点燃香烟，一双精光，剑一般穿过蓝色烟雾，刺向暗探。

"汪队长，不，汪凡诏派我和二皮追来，在二十里外的山道遇上了你们的人。"暗探指指两个不知情的队员。

"二皮呢？"章千里吐了口烟圈。

"跟那个黑汉子去了。小的只知道这些。求大哥，不，大爷放过小人狗命，绝不告密……"

暗探话未说完，粗壮的脖子已喷出一股血剑。郑雪晴连忙扭头一边。谢虎将带血的匕首在湿漉漉的树叶上拌了拌，"出发，还是等你们的同志回来？"

"出发。"章千里扔掉烟蒂。

黄昏时间，雨终于住了。被麻德康"赶"出门的杨力，按麻德康的安排，故意在虞城连续进了两家气势非凡的大宅。三次被赶后，他才垂头丧气跨上马向来路折返。

正催马疾驰，望见迎面而来的章千里等人，杨力连忙放慢马速。片刻，暗探二皮赶了上来，来不及躲避，装着路人催马一闪而过。

"我去宰了那贼子。"谢虎勒转马头。

"回来。"

"租界的鹰犬人人得而诛之，章先生这是？"

"革命，不是树敌、排斥或仇视。只要对方不是十恶不赦、罄竹难书之辈，我们会给他一个改过自新的机会，团结尽可能团结的人。"章千里道。

"那我刚刚且不是杀错了人？"谢虎冷冷一撇嘴。

"没错。"

"现在还没出手就错了？"

"人家上级已经知道我们行踪，杀了他会很快有新的替代。我们在明，敌人在暗。与其时时提防，不如留枚明棋。对吗章大哥？"郑雪晴问。

"对的。"章千里赞赏地点点头。

"太复杂，还是解决了的好。"谢虎搔搔长发脑袋。

"执行命令的人，不一定就是无可救药、顽固不化的人。通过说服教育，他们完全有可能成为革命战士，成为我们的战友。"黄志远跟着凑上前来。

杨力见郑雪晴、黄志远滔滔不绝给谢虎讲革命道理，示意章千里放慢马速，不声不响催马并行，悄声将去野猫口码头及郑雪晴父母弟弟被捕的事讲了一遍。

难过的章千里突然想起下山时谢广民给他信时，也提到去野猫口码头找一个叫麻德康的人，"谢虎。"

谢虎立即勒转马头，"章先生，有何吩咐？"

黄志远、郑雪晴也齐齐勒住马。

"令尊让我们找的人，是码头总调度麻德康？"章千里确认是否同一人。

"正是。"

得到确认，章千里略略思索了下对杨力等人道："一路全赖诸位帮衬，方得平安。目的地已到，烦各位远劳，深表谢意，后图再会。"

"是的，敌人已知我等行踪，人多反为不利。此地不便久留，还请大家尽快折返。深表感谢！"黄志远道。

"二位先生还未安全上船，我等岂能就回。何况还有刚刚过去的那贼子未除。"行动队员高晓林道。

"对。而且黄先生有伤在身，大家不亲眼见二位安全离开，怎能放心！"郑雪晴瞟了眼章千里，黑白分明的眼底溜出一丝不易察觉的难舍。

"家父之命未完，不敢回山。"谢虎跟着道。

杨力见状："我们现在一共八骑，实在乍眼。要不这样，两人一组，分别化妆成章先生、黄先生，然后各自行动，扰乱敌人视线，大家觉得如何？"

"好好好，这主意好。化妆算我的。"郑雪晴拊掌道。

杨力忽然记起郑雪晴也在离开之列，不由拿眼直望章千里。

"化妆可不能让敌人发现。"章千里笑着指指侧方的一片林子，"咱们去那里面。"

躲在远处的暗探二皮见章千里一行进了林子，心知必有计谋，犹豫片刻策马向十里外的虞城奔去。

天边很快没了光线，汪凡诏下午接到暗探二皮的电话，当即电令虞城警察局安排便衣埋伏在了野猫口码头，准进不准出，务必要捉拿到章千里，他则带着四个武师驱车飞也似的奔来。

野猫口码头总调度麻德康已被汪凡诏的人软禁在调度室，连上厕所也受到监视。为开脱私通逃犯的罪责，麻德康抵死不承认与杨力相熟，只说那人拿着金条找他帮忙走私，被他严词拒绝。

心腹沈三万见麻德康无计脱身，夹着本册子来到总调度室，瞟了眼隔壁虚掩的房门，大声对一脸愁容的麻德康道："麻总，这是上个月的调度流程，请您核定下。"

麻德康利用接册子的机会快速塞给沈三万一个小纸团。

"等等。"一个扣着礼帽的瘦高个从侧屋走了出来。

板着脸的麻德康顺从地将册子递给了巡捕。巡捕翻了翻，见无异状折身回到侧屋。

沈三万在办公室"处理"完公务，确认没被人跟踪，便按麻德康提供的信息来到三里外的岔路口。他哪里知道麻德康使了个一石二鸟之计，既要吞了杨力的金条，又向巡捕提供了杨力"可能会"出现在三岔路的信息，还将沈三万置于生死之间。

三岔口的榕树下，没见到杨力的影子，沈三万双手拢到嘴边，"咕咕……咕咕嘎……"

"咕咕……咕咕嘎……"林子里很快传来回应。

暗号接上，化了妆的杨力跑了过去。

"麻总已被……"

噗……

沈三万话未说完，无声手枪将他撂倒。

杨力大惊，砰砰……他朝沈三万身后甩手就是两枪，立刻遭到猛力的火力回击。

正在杨力无法脱身的档口，暗探二皮带着虞城过来的兵力到来。以为被逃犯发现阻击，忙指挥士兵与跟踪杨力的野猫口警察对射。一时间枪声大作。

　　风云诡谲，林子里等候消息的章千里听枪声激烈，明白过来："敌人已经出现狗咬狗，我去接应杨大哥。志远，你赶紧带大家离开。"

　　郑雪晴待要阻拦，章千里已如离弦之箭射向百米之外。她见黄志远欲带人增援，连忙阻止，"黄先生，你和章先生顺利离开才是对我们工作的莫大帮助。敌人此刻晕头转向，正是我们前往码头的最佳时机。章先生、杨大哥身手敏捷，应该随后就到，机会稍纵即逝，别将事情复杂化，快走。"郑雪晴说完，自个却朝章千里的方向跑去。

　　"大家分头行动。"黄志远咬咬牙翻身上马，谢虎、高晓林和两名寨丁纵马跟了过去。

　　成功从火线上撤下的杨力见章千里、郑雪晴先后到来，急了："章先生，现在这机会比咱们的计划还有效，赶紧带上郑雪晴同志离开吧！"

　　"带上我？"郑雪晴懵了，组织上没说呀。

　　杨力忽然记起郑雪晴还不知道家里的情况，顿了顿道："郑雪晴同志，你现在暂时不便返回……"欲言又止。

　　"怎么了杨大哥？"郑雪晴惊问。

　　"你，你父母和弟弟已被敌人约束，组织正在设立营救。"

　　"啊……"郑雪晴的身子如遭雷击，晃了晃。

　　"敌人是想利用你父母和弟弟诱捕你，他们没有参与任何运动，相信在组织的努力下，能够平安无事。"章千里道。

　　"是吗？"

"对对，千里同志说得没错。"杨力点点头。

章千里见郑雪晴泪眼蒙眬，"革命工作，有时候的流血流汗会成必然，甚至牺牲……"

"章先生放心，自站在斧头镰刀下，举起拳头那一刻，我就做好了所有思想准备。我们走。"郑雪晴抹了把眼泪。

三人向野猫口码头撤去。

此时，已到野猫口码头的黄志远、谢虎等人分成三拨隐了下来。码头周围冷冷清清，远处只有几个搬运工在忙碌。

不一刻，章千里、郑雪晴、杨力赶来了。

谢虎迎了出来，截住杨力，与之嘀咕了一番，随后走向章千里三人："章先生、黄先生、郑姑娘跟我走……等等。"他突然记起什么，跑向藏在大石后的俩寨丁，轻声耳语了几句。

"少主放心。"俩寨丁随杨力、高晓林而去。

第九章

雨，像快没电的钟表，停停走走，犹豫不决。

饥狼般急火火赶到码头的汪凡诏，在查看完手下布下的网后，满意地埋伏在了临江的总调度室外。

化妆成章千里的杨力，领着化妆成黄志远的寨丁来到调度室外，故意谨慎地四下张望一番，而后敲响了房门。

"你俩是？"麻德康拉开门，诧异地望着两个陌生面孔。

"我们赶急去趟润州，实在买不上船票。道上朋友告知麻总万能，就斗胆前来相烦，还望麻总费个心。"化妆成黄志远的寨丁按杨力教的回道，随即拿出几锭银子。

麻德康闻言，方知是布告上的人到了，立刻满脸堆笑，"没问题，请坐请坐。"贼溜溜的眼珠子快速瞄了眼侧室虚掩的房门。

藏在暗处的汪凡诏见"章千里"和"黄志远"果然出现，高兴得差点大叫，他向身后挥挥手，阴暗里立刻跳出数十个端着武器的巡捕，迅速将庞大的调度室围了起来。"尽量抓活的。"小声提醒完众人，他跟在几个武师身后向调度室门口摸去。

与此同时，行动队员高晓林带着另一名寨丁也化妆成通缉目标，来到码头的一艘大型外国货轮边；谢虎则领着章千里、黄志远和郑雪晴摸到了距离码头调度室五百米外的一艘中国军舰附近，这是他父亲谢广民安排的第二套方案。"三位稍后，我去瞧瞧。"谢虎跳上军舰甲板，摸出个小牌牌与卫兵说了句什么，轻易就被放了进去。

片刻，谢虎跑下甲板，欣喜地朝章千里等人竖起三指。

"志远。"章千里向黄志远招招手。

"怎么了？"黄志远凑了过去。

"我们必须兵分两路，不然谁也脱不了身，你带郑姑娘走水路，我走陆路。"

"那怎么行，陆路哪有坐军舰安全。实话告诉章先生，邱大副与家父莫逆，不会有事的。"倚过来的谢虎以为章千里担心。

"汪凡诏不是傻子，我不露面，他不会放过任何可疑点。一会儿发现乔装的杨力等人，必然会想到这艘军舰。"

哒哒……砰砰……调度室和外国货船方向几乎同时响起了枪声。

"要走一起走。"黄志远道。

"对，一起走。"郑雪晴道。

"黄志远，紧要时刻你怎么成个磨叽的娘们了？"章千里怒道，"赶紧带郑姑娘上船。"说完闪入黑缦中。

"黄先生、郑姑娘，快上船吧。"谢虎将黄志远和郑雪晴推向跳板，"别让大家白忙活一场，我去协助章先生。"

砰砰……哒哒……急促的枪声打破了码头的沉寂。

奋战的寨丁已中弹牺牲，试图取悦汪凡诏的麻德康早已一命呜呼。挂彩的杨力朝汪凡诏连开数枪，却没能伤到身手敏捷的汪凡诏。

哒哒……门口、窗外数只黑洞洞的枪口闪出罪恶的火焰，顽强抵抗的杨力很快被疯狂的火力夺去生命。

砰砰砰……章千里撂倒数名袭击调度室的巡捕。汪凡诏与特务们的火力很快转了过来。猛烈的子弹，让人抬不起头。

在货船边制造迷局的高晓林与寨丁，边还击边向岸边撤离。

"章先生，快撤。"没使用过长枪的谢虎，很难锁定目标，觉得远没冷兵器来的准狠。

黄志远、郑雪晴上的那艘军舰已亮灯起航，章千里顿时轻松起来，他高声道："汪凡诏，你不是想与我决斗吗？给你个五对一的机会如何？"

"哈哈……停止射击。"汪凡诏挥舞着胳臂。

狂躁、密集的枪声立时安静下来。谢虎看了眼准备出去的章千里，悄然向百米外的林子奔去。

"章千里，不用五对一，若能过我朋友这关，允你离开。"汪凡诏躲在障碍后面尖声道。

"愿领教。"

"真英雄，就别放冷枪。"

"哈哈，爷没你卑鄙。出来吧！"

汪凡诏仍没露头，一个体型健硕的中年武师从暗处傲然走了出来。章千里迎了过去。

两人谁也不答话，见面就动手。武师拳沉腿猛，章千里龙骧虎步，一时之间两人谁也奈何不了对方。

正在汪凡诏得意观战的时候，砰砰砰……快捷而连贯的点射，吓得汪凡诏一群人如缩头乌龟，瞬间没了影子。

飓风般策马冲向章千里的谢虎大叫，"先生快走。"随后向想要逼上来的武师甩出两枚飞镖，章千里趁机跃上马背。

哒哒哒……暗处的汪凡诏见有人救援章千里，立时招呼火力追击。

呼呼……旁边响起狙击。

"郑姑娘不可恋战，快撤。"谢虎对仍在阻击、不知什么时间跳下军舰的郑雪晴喊道。

"她怎么……"章千里没料到是郑雪晴在打掩护，立刻跃下马掏枪还击，"快撤。"他突然肩头一热。

"章千里，你怎么也婆婆妈妈了？"郑雪晴凤目圆瞪，变了个人似的全没了往昔的温软。一个"懒驴打滚"滚到章千里身边，拽起他闪入旁边的林带。

"为何下船？"章千里厉声问。

"马在那棵树后，快！"郑雪晴指指数米之外的前方，答非所问。

夜雨涤尽尘埃，浅黛的天空渐渐清朗起来。清新的空气连带着山花的清香，在濡湿中渲染开来。

领着章千里、郑雪晴纵马翻越了数座大山的谢虎，指着远处朦胧的城市，"那里是暨阳县，水陆交通发达。只可惜咱水路再无熟人。"遗憾地叹了口气。

"章先生的伤势不轻，不宜马背上颠簸的。"郑雪晴心疼地望着衣袖上注满血痂的章千里。

"没什么大碍，就当献了回血。"章千里粲然一笑，"送君千里，终有一别。现在已经远离汪凡诏的地盘，谢兄弟可以回山了。"

抱着膀子的谢虎咬咬牙，"二位先歇歇，我进城探探。"

"暨阳警备有我同学，就不劳谢兄弟费心了。此次不仅叨烦你父子，还折了两名兄弟……"章千里难过地咬咬嘴唇。

"家父经常给寨里人讲，革命需要流血，甚至牺牲。两位寨丁是为正义而献身，死得其所，定会含笑九泉。"

"'凌云寨'在你父子的带领下，革命的火种一定会快速在这片土地上燎原。代我向令尊道声谢，感谢你父子鼎力。愿革命途中再相逢。"

谢虎略略迟疑了下，"先生真有同学在暨阳警备？"

"是的。"

郑雪晴蠕动了下小嘴，本想说什么，见章千里扫了她一眼，连忙打住。

在章千里一再坚持下，谢虎打马回了凌云寨。

"先生是不希望谢虎和我们再涉风险？"

"为了我和黄志远，行动队员高晓林不知生死，杨力同志和两位寨丁失去生命，若再……"章千里心里一阵难过。

"找个地方，先把肩头的弹片取出来吧！"郑雪晴岔开话题。

"你会？"

"生在医学世家，从小耳濡目染。怎么也学了点，不然说不过去的。"嫣然一笑。

章千里想起她为人力车夫清洗伤口时惊慌失措、手忙脚乱的样子。短短几天经历，判若两人，暗暗赞赏。"怎么没和黄志远离开？"

"那个邱大副很好很热心，上船就让我和黄先生换上厨师服，把我们安排在了最隐蔽的后厨。但是你一个人匹马单枪啊……"

多年孤寂的心底，立时一股暖流涓涓沁入。他稳了稳神，"你的马术不简单，枪法也娴熟。什么时候开始学的？"

"叔叔是镖师，从小受他宠爱。"郑雪晴顿了顿，"到暨阳城还带它们吗？"她爱怜地拍拍坐骑。

"将它们放归山里吧！"

哝……安静的坐骑突然警觉地扬起脖子。

林子边，隐约一人双手持着鸟枪，背对着他们正慢慢后退。

唬……随着一声沉闷的低噪，一只牛犊大小、张着血盆大口、呲着白生生獠牙的花斑豹跟到了林子外。

章千里连忙下马，紧张的郑雪晴悄悄摸着腰间已经没了子弹的驳壳枪。

在花豹跃起的那一瞬，章千里左手已飞出一道寒光。"嗷……"一柄匕首没入花豹眼睛，花豹负痛而遁。

"多谢朋友出手相救。"大汗淋漓的鸟枪男子瘫坐在地。

"大哥有伤着哪吗？"

"没。"汉子摇摇头，他目不转睛盯着右肩满是血迹的章千里，继而扭头审视郑雪晴片刻，突然大笑，"哈哈哈……这么好的坐骑，二位放了多可惜，送我如何？"

章千里一惊，这人听觉好灵敏，刚和郑雪晴的谈话，他居然听见。不动声色道："大哥喜欢，尽管拿去。"

"哈哈，小哥爽快人，小嫂子可愿意？"

郑雪晴面上一红，悄然瞟了眼章千里，"只要好好待它，不让它苦力，可以的。"

"小嫂子菩萨心肠。"汉子竖起拇指，"小哥贵姓？"

章千里快速扫了眼周围，和之前一样安静。这汉子身上看不到巡捕的影子。于是坦然报了字号："小可，章炳梧。"

啪啪啪……汉子拍着巴掌，"章先生此时八方不便，竟能行不更名，坐不改姓，真英雄。你这个朋友，'病太岁'交了。"

章千里并未吃惊，通缉令遍布，"病太岁"刚刚看他的眼神，已经说明问题。连忙施礼："久闻足下大名，今日得见，莫大荣幸。"

"哈哈哈，山村野夫，什么大名，先生谬赞。这位想必是郑姑娘？"

"原来大哥知道的。"郑雪晴粉脸增色。

"实不相瞒，大街小巷皆是你们的画像。对了，还一位黄先生呢？算了算了，不问不问。若不嫌弃，请到鄙舍一叙如何？"病太岁热情相邀。

章千里和郑雪晴交换了下眼色。

"病太岁"见状忙道："二位放心，'病太岁'非小人，一感章先生救命之恩，二感馈赠骏马之情，绝无恶意。"

病太岁的家位于暨阳城边，一座庞大的四合院。院里的摆设像杂技团，又像武馆，十多个青装汉子既像徒弟又像手下，毕恭毕敬，唯唯诺诺。

病太岁是暨阳城的地头蛇，黑白两道混得风生水起，他为章千里请来郎中取出肩头弹片。席间得知章千里刺杀租界官员一事纯属被诬陷，义愤填膺，一再挽留他们多住几日，养养枪伤。章千里向其讲了开展革命工作的紧要性，病太岁便不再坚持，赠了盘缠，为避免汪凡诏的人发现，让手下江茂稻用帆船把两人送到数十里外的一个僻静港湾，吩咐务必在那里联系到北上的过路船只。

看似低眉顺眼的江茂稻，自见到章千里、郑雪晴那一刻，就做起了光宗耀祖的美梦。正愁没机会，不想老大将两人交由他安排，心下不禁狂喜。将章、郑安置在家，借口准备干粮，偷偷向警察局跑去。

第十章

　　阳光下，长江像一条金鳞巨蟒，翻滚、呼啸，奔腾流淌。江面越来越窄，两边的山势越来越陡峭。

　　江茂稻并不知道章千里、郑雪晴是去山州，病太岁只让他与北上的轮船联系，没交代具体去向。从警察局告密回来的他，端着牛肉和白酒来到章千里、郑雪晴待的货仓。

　　"船上没什么好酒菜，怠慢两位了。"

　　"如此丰厚，江兄太客气了。"

　　江茂稻将托盘放到矮几上，没离开的意思。"没打搅二位吧？"

　　"江兄，请坐！"章千里指指矮几，朝看风景的郑雪晴旁边稍稍挪了挪。

江茂稻也没客气，盘腿坐下，边倒酒边打开话匣子，"章先生离开祖国好几年了吧？"

"对。"章千里若无其事瞄了眼守在门边那个身着灰色中山装的中分青年，短短半分钟时间，中分青年已第二次、看似随意地将食指在唇上碰了下，明白他这是警示或噤声的意思。

"江某平生最敬佩的，就是章先生这样能为普通百姓做事的人。先干为敬。"一扬脖子，将满满一杯烈酒灌进喉咙。

门边的青年目不斜视地微微摇了下头。章千里视若无睹地端起酒杯。

"先生有伤，酒伤身的。"郑雪晴制止着准备干杯的章千里。

"酒通经络，活血化瘀，对伤口有利无弊。"江茂稻笑道。

"江兄说的是。"章千里微微一笑，将杯里的酒一口干掉。

"章先生打算直达汉口，还是？"

"南京。"章千里抹抹嘴。

"小嫂子，这是正宗的扬州黄牛肉，味绝天下。尝尝吧！"江茂稻热情地推了推盘子。

郑雪晴并不打算吃，听叫她小嫂子，心里蜜甜，捡了块牛肉品了起来。

门边的青年见状，有些沮丧地撇撇嘴。

章千里突然一头趴在矮几上。"先生……"郑雪晴呼声未完，跟着睁不开眼歪在了章千里的身上。

"先生……郑小姐……"江茂稻推了推两人，确认已被迷倒，起身叫来另一个汉子和门边的年轻人，将章千里、郑雪晴绑了个结实，而后命人把船停在了一个偏僻的港湾，再度上岸而去。

坐在舷边、望着江水发呆的年轻人突见章千里向他点点头，他瞄了眼舱外几个只顾猜拳行令的汉子，急步来到章千里身边，"原来你没事呀？"

"她也没事。"

"感谢大哥提醒。"郑雪晴浅浅一笑。

"我虽然不是你们的同志，但和老大一样支持革命者。我老大早就怀疑江茂稻有二心，所以让我暗中保护二位。对了，我叫江朝阳，二位稍等。"说完快步离去。

"那酒怎么没迷倒你？"郑雪晴小声问。

"牛肉如何没迷倒你？"章千里反问。

"呵呵，原来你也会移花接木的江湖小把戏。"郑雪晴嫣然含笑。

江朝阳提着个包裹快步回来了，"警察很快就到。里面是为二位预备的潜水服，没人知道。船上人多嘴杂，况且不少是江茂稻的心腹，二位赶紧穿上下水。十里外有个叫申港的小码头，那里有个叫辛二狗的船票贩子，只要给钱，什么票都能搞到。这是老大给你们准备的盘缠，买两张头等舱没什么问题。"

"等江茂稻和警察来了再走不迟，不然你脱不了干系。"章千里道。

"警察来了再走？"江朝阳以为听错了。

"是的。不然警察会找你和太岁大哥麻烦的。"郑雪晴道。

"他们来了，你们怎么走啊？"江朝阳茫然。

这时，甲板上传来杂乱的脚步声。

"你快出去。"

"我……"

"快。"

江朝阳闪出了货仓。章千里、郑雪晴继续装睡。

"肖探长，就这俩生死鸳鸯。"江茂稻对肥胖的警服男子献媚道。

"带走。"

章千里、郑雪晴趁警员弯腰的时候，闪电般夺下警员的枪械，抬腕就是一番点射。江茂稻两腿一软倒在了地上，吓得胖探长和其余警员脱兔一般退出了货仓。章千里、郑雪晴从窗口跳入江中，瞬间没了踪影。

弯弯的月牙，在如纱的云层里时隐时现，恰如在浪涛里游动的梭鱼儿。

搭乘军舰的黄志远，因为厨师身份与舰上管后勤、叫美虞的女子熟络起来。

美虞自称长沙人，性格开朗，热情活泼，很快赢得孤独的黄志远的好感。由陌生到熟悉，两人迅速成了朋友。想将美虞发展成为革命者的黄志远从学生运动、工人运动、苏俄革命，老师般深入浅出，讲了个仔仔细细。美虞每次表现出的，都是认认真真、孜孜不倦，让黄志远深为感动，并未料到给自己埋了颗雷。

宽阔的江面被船头一劈两开，波浪汹涌，浪花飞溅。

头等客舱里，章千里、郑雪晴与一对三十岁左右的夫妻共用一个四人包厢。男子和章千里一样身材修长、国字脸，举手投足间透着英气和干练。女子窈窕，温文尔雅、一副大家闺秀的模样。

"二位看上去像是度蜜月？"女子笑问打扮一新、五官精致的郑雪晴。

"是……是……"郑雪晴仓促无辞。

"去山州？"男子问。

"听兄台口音，山州的？"章千里反问。

"对。"男子瞟了眼章千里，不紧不慢道："兄弟口音也像山州方向的，到江州公干？"

"走亲。"章千里道。

"在下山州城防服役，徐东风。"男子自我介绍。

章千里见此人坦诚，心下有了主意："鄙人，炳梧。目前尚为无业游民。"他刻意省去姓氏。

两人你一言我一语，章千里很快知晓徐东风是地道的山州人，此次随妻到江州娘家探望岳父母。章千里虽然不是山州人，但益北和山州距离不过二百公里，风俗和口音极为相近，算得上老乡。于是，两人聊的甚是投缘。

经过几天频繁接触，英俊博学、遇事沉稳的章千里，让郑雪晴感觉他是神一般的存在，在知道他没女朋友后，之前的扭扭捏捏转为落落大方，非其不嫁的念头很快占据心间。当着徐东风夫妻俩为章千里卸衣换药，关心备至，俨如贴心的妻子。

徐东风见章千里受的是枪伤，心生疑虑，却未加追问。

巨海一边静，长江万里清。一周后的晚上，上海到山州的客轮终于抵达"朝天门"码头。

一周时间，说长不长，说短不短。但想要让一个成熟、有固定职业，头脑精明的人改变理念，并非易事。章千里却成功将山州城防大队队长徐东风，发展为有信仰、有理想的中共党员，成为他后来并肩作战的生死兄弟。

为防止意外，章千里与徐东风下船后形同陌路，分而道别。而后带着郑雪晴直奔一个叫"牛角沱"的地方而去。

早一天到达"牛角沱"的黄志远，为慎重起见，他未带军舰上"邂逅"的美虞，独自前往，顺利联系上了与他们接头的陈述达。然而，他的行踪，被暗中尾随的美虞瞧了个真真切切。万幸的是美虞没看到他会见的人是谁。黄志远对此毫无察觉。

章千里和郑雪晴来到"牛角沱"117号，一座欧式建筑面前，打算敲门时，发现了周围数个行迹诡异的人员。直觉告诉他，此处也被人监视。他将一朵代表警示、用报纸折成的玫瑰，悄然放在了门柱的下方，拉起郑雪晴就走。

"章先生，到了地方，怎么不进去？异地相逢，应该请我这个同学进去坐坐才对吧？"嘴里衔根草棍的汪凡诏从拐角处转了出来，阴阳怪气地嗤笑道。

这时，院门"嘎"的一声开了。"千里……"喜悦的黄志远突见旁边冲他冷笑的汪凡诏，大惊，回避已经来不及。

肩部枪伤已恢复八成的章千里，忽的一个飞扑，闪电般展出擒拿手成功将其锁住。汪凡诏并未挣扎、躲闪，得意地朝章千里身后指了指，郑雪晴不知何时已被野猫口码头与他大战的武师拿住。

此时，黄志远心里比章千里还急，既担心郑雪晴的安全，又担心昨晚去外地的陈述达同志突然回来。"陈述达同志若被汪凡诏等人认出，山州革命组织岂不大受打击。"想到此，身材瘦小、拳脚功夫不弱的他，抓起门后的木杖扑向拿住郑雪晴的武师。

汪凡诏趁章千里分神，一下子挣脱出来。章千里哪敢怠慢，立即追了上去。

武师见黄志远招招凌厉，玩命袭来，不得不松开郑雪晴，与之战在一起。隐藏在暗处的几个巡捕见汪凡诏和两个同伴处于劣势，连忙现身支援。

街口忽然传来急促的警笛声。

章千里腾空而起，一记"苍鹰扑兔"，同时甩出两支备而不用的袖箭。

"啊……"汪凡诏发出一声惨嗥，两胸口各中一箭，再也起不了身。章千里拉起郑雪晴就跑。

垂死挣扎的汪凡诏掏出了手枪。

紧跟在身后的黄志远，慌乱中跌了一跤。郑雪晴回头时，正见汪凡诏掏枪瞄向章千里，石火电光间，她发力一跃。

砰……郑雪晴应声软软倒在了地上。

发指眦裂的章千里，掏出匕首奋力一扬，汪凡诏两眼一翻，立刻带着罪恶的灵魂去了爪哇国。

吱……

几辆警车停在了距离章千里不到二十米的地方。警察蚂蚁般从车上滚了下来。

"快撤。"黄志远奋力拉起要抱走郑雪晴的章千里。

章千里一把甩开，拔枪就是一通连发，可惜枪里早已没了子弹。敌人见他弹尽，放弃射击，饿狼般围了过来。

怒兽般冲入狼群的章千里大开拳脚，警察顷刻间倒下一大片。黄志远也与众敌人战得难解难分。敌人见章千里、黄志远雕悍，悄然从车上拖下一张大网。

正在这时，一辆风驰电掣的雪佛兰直奔章、黄两人而来。一个急刹，后排一双大手将两人拉进车里。轿车绝尘而去，身后响起了密集的枪声。

小虫哀鸣，夜色深重，位于山州城郊的药王山上，一座小青瓦房里，章千里凝视着深黛苍穹里跳跃的星星，它们像极了郑雪晴忽闪的眼睛，十来个日日夜夜，点点滴滴涌上心头。心，像被剜掉一般疼痛。

陈述达和黄志远，满脸挂戚，心情沉重。

良久，悲痛的章千里才长长吐了口气："革命工作，应不乱于心，不困于情。"

"不畏将来，不念过往。"陈述达扶了扶鼻梁上的眼镜，"郑雪晴同志的牺牲，我们的心情和你一样。唯一能告慰她的，就是做好和开展好革命工作。只有革命成功，才能慰藉和郑雪晴、杨力等一样为革命捐躯的志士。"

章千里缓缓转过身："述达同志，我可以谈谈个人想法吗？"

"但讲无妨。"

"我逼迫离开上海，还想离开山州。"

"汪凡诏已经去了西天，我们没必要再……"黄志远看了看陈述达，没继续。

"志远啊，不是我只会逃避。虽然汪凡诏已命归阴府，可你认识的那个美虞和众多巡捕、警察，他们已经认得我们。我们回来的工作是将革命'燎原'，不能公开露面，潜伏工作失去了初衷。所以留在山州，不仅无益，还会给组建不久的组织和革命工作带来阻碍，也违背了快速发展'燎原计划'的精神……"

"你又想去哪里？眼下中国都是北洋政府的天下，被人发现就逃避、就躲，怎么革命，什么时候是个头？"黄志远情绪起来。

"先听他讲完。"陈述达示意。

"上海、北京、南京、武汉等大城市的革命火种已呈燎原之势，而山州才刚起步。益北地区，号称益省四强大政权之一，是与山州、成都呈犄角的大区域，在那里开展革命工作，不但可与山州遥相呼应，还能巩固山州的革命基础。"

"千里同志的这个建议不错。我待会就向上级请示。"

"还有一事。"

"请讲。"

　　"我想将郑雪晴同志的遗体带去益北。"

　　"我已安排人去警察局打探情况，明早应该有消息。"陈述达与黄志远交换了下眼神，他理解章千里此刻的心情。

第十一章

"麻烦陈兄天亮后找点冰。"章千里飞快擦拭了下眼角。

陈述达点点头,连忙换了话题:"去益北地区,工作条件很艰苦。地盘、人口虽然仅次于成都和山州,但是交通、通讯远落后于成渝。且军阀混战频繁,割据严重,各自想着图霸一方做土皇帝,对新生事物的排斥、打压和抵制,比大城市更为强烈。加上那里的老百姓大都思想觉悟尚停留在逆来顺受的封建时期,只怕难度不一般。"

"述达同志讲得有理,益北地区目前尚没有任何革命火种,厂矿、学校也不多,人们的思想封闭,胆小怕事。要不等我们在山州协助述达同志开展一段时间，循序渐进向那边发展，可否？"黄志远道。

"只要心中无崎岖波浪，面前皆是绿水青山。请述达同志将我的想法转告上级组织。"章千里深邃的目光穿过木窗，凝视着乳色月光。

"我并非怕苦怕累。"黄志远锁着眉，"唉，怎么给你讲呢！"

"这样，你的伤还未痊愈，先在山州歇歇，我回益北去看看情况，再通知你。"

汪汪……

山下传来犬吠，章千里和陈述达连忙走出小瓦屋，山脚下出现数道亮光。

"敌人搜过来了。"陈述达道。

"这么偏远，敌人怎么会？"黄志远惊道。

章千里转身，"你是不是给了美虞什么东西，或是她送了什么给你？"

"有的。就……就这个。"讶异的黄志远从怀里掏出个香囊来。

陈述达接过香囊嗅了嗅："这是特务们惯用的'牵随'，在警犬的鼻子下，堪比定位器。赶紧离开。"说完将香囊扔下山崖。

一小时后，陈述达将章千里和黄志远带至一个山乡小镇。敲开了那座枝繁叶茂、孤单单的农家院门。

"陈先生这么早就回来了？"着棉布汗衫、三七分的中年汉子打着呵欠。

"老田，天亮后麻烦你跑趟益北。"陈述达边擦汗边安排，"另外，去镇子的冰糕厂弄几块冰回来。"

"要冰块干嘛？"老田打量着章、黄二人。

陈述达简单作了解释，向双方作了介绍。田辉听说有革命同志牺牲，要运去益北，连忙准备去了。

三人进屋不到一刻钟，负责打探郑雪晴情况的人来了。说当时场面混乱，没找到郑雪晴的遗体，连警察也不知道被谁弄走的。

章千里顿时虎目泪崩。少顷，他抬起头，抹去泪水，"其实，回益北老家我还有个想法。"

"洗耳恭听。"陈述达道。

"在执行'燎原计划'的同时，如果机会成熟，我们能不能合作来一场别开生面的武装运动？"

"这可不是一般的难度呀，千里！"黄志远张大嘴，以为这是章千里报仇心切的冲动决定。

"突发奇想，还是？"陈述达凝重地望着他。

"金乌海底初飞来，朱辉散射青霞开。在法国我就有过此想法。"章千里道。

"连名字都想好了？"陈述达睁大了眼。

"是的。"

"谈谈你的具体规划。"

"你在山州，我回益北，这叫地利。加上天时、人和、你我的努力，完全有机会完成……"章千里低声谈了"金开计划"的内容。

"好好好，'金开'这名字有意义，计划也让人血脉偾张。"之前还不愿去益北的黄志远听了，率先鼓掌。

陈述达也高兴地拍着巴掌："好主意，精诚所至金石为开，愿我们的理想早日实现。我马上将二位回益北及'金开计划'的内容发报给上级。"说完进了密室。

瑰丽的朝霞跃出东方，乳色的薄雾轻纱似的缭绕在山巅，空气中弥散着淡淡的清香。

位于益北腹地的顺城，辖七县，是益北地盘最大、人口最密集的中心城市。章千里家的阁楼，坐落在顺城城南的闹市区——红钱街。

红钱街，东距嘉陵江不足百米，西距驻城部队独立师师部不到两公里，自明清时就是顺城的市井民俗街，也是益北的风情街。街道两边，食店、茶馆、栈房、钱庄、首饰、杂货等铺子林立；街上挑担的、推车的、闲游的贩夫走卒和理发、修脚、杂耍、卖唱等形形色色的各行各业将繁盛的街道烘托得热闹非凡。特别是街心那座气势恢宏、香火旺盛的文庙，为烦嚣、繁华的红钱街锦上添了花。

章千里家的三通铺面位于红钱街正中，被搞经营的父亲开成了茶馆。茶馆后门，是三百多平米带阁楼的院落，平时只住着父亲和一个帮工。大哥——顺城参议长章云舒，住在相距两公里外的城北，二哥和两个姐姐分别住在城南。家境算得上富足而殷实。

大哥章云舒对章千里最关心，也最宠爱。见时隔五载归来的小弟弟，高兴得抬头纹都少了。但细心的他发现小弟弟头天就笑得勉强，第二天称头晕，闭门不出，今儿又称身体不适，拒与家人见面，心知有异，晚饭后他来到章千里的卧室。

"大哥。"埋头写东西的章千里见章云舒上阁楼来，立刻合上笔记本。

"写失恋日记？"章云舒坐到阁楼靠窗的沙发上，跷起二郎腿，笑问。

"哪有。"在大哥面前章千里总是有些腼腆。

"真没有？"

"是呀。"

"那让你大嫂给物色一个。不然会把我们留洋归来的大才子的青春给误了。"章云舒笑道。

"不用的，个人问题我自会处理。"章千里勉强咧了下嘴角。

"到底什么事这么不开心？不用避讳大哥吧？"章云舒露出父亲般的慈爱。

"大哥是政府官员，您觉得这个唯外国人之命是从的北洋政府有没有前途？"章千里原本打算说话策略一点，但想到大哥历来宠他，还是开门见山、直言的好。也正好借此看看大哥如何反应，要是能成为他回国发展的第一个成员，且不更好。

章云舒心里一咯噔，"他不会站到政府的对立面去了吧？"面上却风平浪静："难不成你参加了南国的民主协会？"

"假如我加入了更进步、更能为百姓做主的组织或协会，大哥会反对吗？"章千里考虑到很快就会在顺城成立进步支部，接着会搞宣传、发传单、放进步幻灯片，大哥和他的人脉都是亟待发展的对象，于是直言不讳。

"什么政府？"章云舒听弟弟语气不像加入了民主协会，松了口气。

"大哥听说过联俄、联共、扶助工农吗？"章千里偏着脑袋。

"好像听人说起过。叫共什么……对了，共产党，对吗？"章云舒淡淡地咧咧嘴。

章千里对大哥平淡的反应始料未及，暗想："难怪陈述达同志说在益北开展革命工作，压力不是一般的大。大哥堂堂北洋官员都如此，普通百姓还能懂个什么？"不过转念一想，这样反而有利于他大张旗鼓开展革命工作。

随即微微一笑："对的，我已加入了共产党。中国共产党是为老百姓说话、办事、谋福的政党……"

"千里呀，年轻人有追求，有理想，是好事。说明脑子不迂腐，与时俱进，大哥不反对。但是，美好的理想总与现实存在着大的差异，任何事情不要走极端。"章云舒站起身，"早点歇息，明天去和父母、二哥、大姐、二姐聚聚，五年不见了，他们好想你的。"章云舒走出几步忽然回过头，"五十个昼夜，一定没休息好，瞧你那黑眼圈都赶上熊猫了。好好休息两天，然后来政府上班。工作，大哥已经给你安排妥当了。"

"大哥，我送您。"章千里站起身。

"早些休息吧，我去看看母亲。"章云舒按下章千里，"登登"下了阁楼。

章千里确认大哥去了一华里外母亲的住所，才揣上写给郑雪晴的祭文，匆匆向城西那座叫"龙腾垭"的山上走去。

"龙腾垭"是顺城城区附近最高的山，他希望通过祭文，将九泉之下的郑雪晴请到那里，欣赏百看不厌的东方日出，监督他和黄志远的工作，见证革命胜利的那一天。

他来到山腰的巨松下，发现两个晃动的人影，"谁？"他停下步子。

"怎么才来？"黄志远的声音。"你们也来了？"

"千里兄，郑雪晴是你的同志，也是我们的同志。你说过要将她请到顺城来，让她天天看日出的。"黄志远道。

章千里默默掏出兜里的祭文。才展开，眼泪如奔洪般不受控制地滔滔涌出。

回到顺城，转眼一周，离家五载的章千里，一改五年前与同学、朋友大街小巷满是世界疯玩、天不黑不回家的习惯。连续几天大门不出二门不迈，只在院前父亲的茶馆里端茶倒水，忙前跑后，对大哥章云舒安排去政府工作的事一口回绝，称只想跟着父亲学经营茶馆。章云舒和家人以为他说着玩，并没往心里去。

第十二章

　　三通门面，搭有五十余张小茶桌。章千里没回来时，茶馆最好的生意只有三十来桌。自从听说茶馆老板外国留学归来的幺儿亲自跑堂经营，还讲国外故事，喝茶听稀奇的人增加了七成，五十张桌儿早早预定一空。

　　章千里不去大哥安排的顺城政府上班，甘愿在父亲茶馆跑堂自然有他的想法。他觉得去政府上班，开展革命工作远不如在龙蛇混杂、消息流动快的市井茶馆里来得快捷有效。于是，一周来，每天打烊都会找父亲商量，茶馆由他来经营，收入由老爷子掌管。老爷子哪愿意呀，本地进过三天学堂的人都想找个皇粮吃，小儿子那可是响当当的留洋生，还望他光宗耀祖呢。所以，章千里只要提到想经营茶馆，就会遭到平时慈眉善目的老爷子一顿劈头盖脸臭骂。

第八天早上，章千里再不去父亲茶馆帮忙打扫卫生。将父亲和知书达理的母亲请到茶馆后院。正正经经提出让老爷子挪出一通门面，说要开家"电料公司"，房租照付。母亲不懂"电料公司"为何物，他就详细讲了电料公司的收入和发展前景。

老爷子听来听去，以为小儿子是想经商。商人的身份哪有做官的风光得意呀。大儿子只到省城读过书，四十不到就作了一人之下万人之上的地区参议长，小儿子若是稍稍务点力还不把官作到北京城？所以，章千里提出要开公司时，老人仍将头摇得像个拨浪鼓。母亲虽然偏着他，但听说儿子自家"开店"也不同意了。

章千里见平时家里大小事作主的母亲也不帮他，午饭后，他在后院播放起从法国带回的幻灯片来。远离京城、边远闭塞的顺城百姓哪里见过能在墙上跑来跑去的大人小孩、马车、楼房、工厂、学校……

左邻右舍立时一传十，十传百，不到五分钟时间，茶馆里的茶客十成去了九成，争先恐后挤来后院瞧"西洋镜"。原本只能容纳百余人的后院，瞬间来了两三百，一时间被挤得水泄不通。

不会动，不会说话的幻灯片，老百姓除了看稀奇看热闹，根本不懂意思，于是有人七嘴八舌乱猜。章千里看时机成熟，便为大家讲说，想增长他们的见识。

住在城北两公里外的章云舒听说章千里在家里播放"西洋镜",晚饭后,来到章千里的阁楼。在翻看完章千里带回的《赤光》、《青年》《俄国十月革命》等书籍后,他沉思片刻,将章千里叫到后院外的嘉陵江边。

"听传,穗城国民革命军军事力量已达十万之众,真有这事?"

章千里不知大哥何意,老老实实点点头,"一点不假。"

"十万之众不是小数目。他们不照样在北洋政府腋下生存吗?你关心或者说已加入的党派,据我所知,成立至今不过才4年,人员有没过千我不知道,但一定不多。你学过历史,看过不少史册。历朝历代,夹缝中的生存者,几个有所建树的?千里呀,理想美好,现实残酷,你是有大学问的人,这些简单的问题怎么会想不透看不清呢?听大哥的话,心情不好,找朋友喝喝酒,聊聊天,抒发下郁闷,好好玩几天,早些到政府来上班。这才是正事。"章云舒像老师在给学生上课。

"论见识,弟弟不及大哥半分,看问题也不够全面。只觉得而今由邓泉润掌管的临时政府,果真有魄力,中国土地上能让外寇横行,任由大小军阀割据、占山为王,搞得民不聊生,饿殍遍野?

"不要听信谣言,什么饿殍遍野,你见到几个横尸街头的?外国人是帮助我们搞工艺、搞经济。"

"太可悲了,列强对国人的欺凌、打压,居然被你们当成帮助!大哥,我不是对您不敬。您要是能去大城市走走看看,就会发现被北洋政府那套愚民政策洗脑了。外国人来到中国土地上是为了瓜分、剥削、压迫、肆意索取……"

"你是不撞南墙不回头。好吧，茶馆可以给你经营。至于你想经营什么电料公司，你不是小孩子了，就自己想法筹钱。父母年事已高，家里也拿不出多余的财力供你折腾。不过茶馆的经营时间，以三个月为期限。若是三个月没起色，家里得收回。父母亲的工作我去帮你做。接他们去我家住。千里呀，路是你自个选择的，怪不得大哥没提醒你。干革命可以，得有个度，独立师的白孟礼可不是善茬，你最好先了解了解他，别把自己弄进号子，还带上家人。好自为之。"章云舒不待章千里回话，转身离去。他以为这个从小没吃过多少苦的弟弟这些年在法国读书对事物盲目崇拜，过的是无忧无虑的"神仙日子"，在得知军阀白孟礼的性格后，章千里必会有所改变。

第二天一早，章千里就找来工匠，将原来三通经营茶水的门面隔开一间。两间经营茶水，一通做了"顺通电料公司"的接待室。并将父亲原来的"逍遥茶馆"招牌拆下，换上了块大大的、取名"歌盛茶社"（寓意革命必将胜利之意）的牌匾。

经过翻新改装的茶社，三天后开门营业了。章千里悄然吩咐新聘的茶博士、街对门邻居王二和隔壁主动要求过来帮忙跑趟的彩荷姑娘，凡到店品茶的茶客，只要能对播放的幻灯内容说出个道道或提出问题，就免茶钱。王二和彩荷觉得这样下去，要不了两天，茶客全成了免费服务的对象，替他担忧。章千里微笑着告诉他们，隔壁经营的电料公司足可以弥补茶社的损失。

　　留洋生开茶馆，隔三岔五播放"西洋镜"也就算了，还找一些人发"考题"，一时间成了顺城最大的新闻。此事很快传到了顺城西街那栋高三层、占地约十亩的气派欧式大楼里。此栋大楼距离"歌盛茶社"约两公里，是顺城土皇帝、独立师少将师长白孟礼平日发号施令的地方。

　　午睡后，年近五旬、胖得像冬瓜的白孟礼来到办公大楼，打开三楼靠里的那间富丽堂皇的办公室，第一件事就是摁响副官李可明办公室的电铃。

　　少校副官李可明跑步来到那张硕大的紫檀办公桌前，双脚一并，腰板一挺："师座下午好！"

　　"带人去把红钱街那个开茶馆、妖言惑众的匪徒给某拘来。"翻看卷宗的白孟礼未抬头。

　　"回师座，是不是那个刚从欧洲回来的章千里章炳梧？"李可明小心翼翼问。

　　"不是他还有谁……你说啥？他叫章千里？"白孟礼抬头道。

　　"是的。"

　　"章云舒家的弟弟？"

　　"正是。"

　　"这个章云舒，仗着与我同窗之谊，弟弟如此胡闹也不前来请罪。将他也给我传来。"白孟礼铁青着脸。

　　在当时，无主义的北洋政府既不能御外侵，又不能掌控国内局势，导致军政混乱，自立山头的比比皆是。1918 年，以益省靖国军总司令名义摄行益省军民两政的潘长山，对军队的钱粮管理，采取各驻防军向当地征收局自行划拨，由此形成了益省军阀防区制。不少地方军驻扎日久，开始干预政事，委任官员，预征赋税，致使不少地方成了军阀割据的独立王国，驻军军阀成了名副其实的土皇帝。所以，地方上无论是负责党务的参议长，还是主持政务的地区长官，皆受驻军军阀任免。虽然在军阀混战时，益省靖国军总司令潘长山兵败逃亡。可他当年颁发的政令依旧在延续。故而负责顺城党务的一把手章云舒，表面光鲜，实则在白孟礼眼里，不过就一个他可以随时左右的下属。

"回来。"白孟礼叫住已到门前的李可明，"换上便服与我出去一趟。"

"是。"李可明嘴里快速回答，心里暗暗吃惊，白孟礼有个怪癖，只要针对性让换便服，要么会将处罚对象削职，要么会对其动大刑。"这白孟礼不会为了这点小事，连老同学也下手吧？"

白孟礼待李可明离开，进了侧屋的休息室。脱去灰色少将军服，从衣橱里翻出一件时常出门微服私访的、皱巴巴的旧布衫。

到顺城做独立师师长不到两年的白孟礼爱微服私访，与体察民情没太大关系，主要以暗访地方小吏，打探老百姓对他的言论和周边团以下小军阀们有无异常动向为主。凡是信口开河游说的人，往往在无意之间，就会招遇横祸。久而久之，白孟礼被老百姓称作"毒狸子"。乃至于啼哭的婴儿只要听到大人说"毒狸子来了"，也立马噤声。

白孟礼早前并非如此残暴、阴毒。4年前，随他一起入伍、追随益省靖国军总司令潘长山的同僚，要么被潘长山提拔为师长，要么被任命为旅长，屡立战功的他却仍是一个千年不变的小团长。心生怨恨的他，趁带兵演练之机，拉上人马脱离了潘长山的辖制，试图独霸一方。可东冲西突混了两年，一个团的兵力所剩不到一个连，随时有被其他军阀剿灭的危险。处于困境、不甘被灭的白孟礼开始寻找新靠山。经过多方打探，他惊喜地发现拥兵近百万的直系军阀领袖武子玉，与他同出保定军校。听人讲武子玉对同学、同乡别具情怀，特别对愿意投靠他的保定军校校友分外关照，情有独钟。于是，白孟礼备上重礼前往拜谒。武子玉闻其懦弱，故意让他执行一个灭族任务。他犹豫不决，被武子玉大骂无用，连人带礼物被赶出。当晚，白孟礼带人杀了那一家二十余口。第二天武子玉将他教训了一番，让其回家等候消息。一个月后，武子玉令麾下的益军第2军军长姚子林接收了白孟礼。姚子林当即安排他做了顺城独立师师长，大喜过望的白孟礼，发誓生死追随。

　　到顺城不久，白孟礼萌生了做"益北王"的美梦。经历过颠覆的他明白，想要做疆域辽阔的益北之王，不仅要依靠强大的武子玉，还得依赖地方上的小官员，更要心狠手辣。为了树立威信，但凡对他有微词的，没一个不被严惩，甚至心血来潮还会将一些无辜人员逮捕入狱。

第十三章

　　下午 3 时，正是茶馆最兴隆的时候。白孟礼和副官李可明打扮成喝茶的普通百姓来到"歌盛茶社"，茶社已座无虚席。个别认识白孟礼的人，赶紧掩面、缩脖子溜之大吉。

　　两人东张西望，未见到那个喝洋墨水回来的章千里，更未见有人播放幻灯片。

　　白孟礼瞟了李可明一眼，从未到此喝过茶的李可明摇摇头。

　　不是有人给章千里通风报了信，他只是每隔两三天播一回幻灯，白孟礼来得不巧而已。平常时间章千里也未待在茶社，而是与黄志远分头到学校、工厂和社会各界，积极联系一些愿意接受新事物、思想进步的人士进行沟通交流，向他们宣传反帝、反封建、反军阀的革命道理和马克思思想。

白孟礼没叫座，也未离开，在门边静静观看两个茶客下棋，暗暗留意屋里的情况，悄然观察着那个系围裙、拎着茶壶为人加水的中分矮个小伙。"此人市井气浓，应该不是留过洋回来的章千里！"暗自揣度的白孟礼突见独辫齐臀、身着浅色斜襟衫的彩荷端着托盘从后厨出来，他连忙向她招招手，"姑娘，排个座。"

"二位贵客，实在对不起，没位子了。"彩荷浅笑着向白孟礼、李可明微微一欠身。

"我们找章先生联系点业务。有没什么雅间我们等等他？"白孟礼露出一副长者的慈笑。

"不好意思，我们这没什么雅间。二位要不到隔壁的电料公司等下如何？"不知是计的彩荷忽闪着大眼睛。

"好的好的。"白孟礼点点头。彩荷的回答证实了他对那个倒茶水小伙的分析。

"二位请！"彩荷一甩漆黑长辫，领着他二人来到"顺通电料公司"招牌的隔壁门市。"时俊哥，这二位是找先生谈事的，茶馆已没座位，只能在你这设个座了。"

"要得。"坐在屋正中朱漆写字台后面翻看本子、短发、年纪二十上下、灰色中山服的时俊连忙起身，为白孟礼、李可明摆好圈椅。

"二位喜欢茉莉还是绿茶？"彩荷问。

"茉莉吧！"白孟礼道。

"稍后。"彩荷扭身而去。

白孟礼打量着一张写字台、六把圈椅、一张茶几、两边各放着一排玻璃货柜、三十平米左右的铺子。"生意咋样?"他瞧着玻璃柜里的各类小电器。

"蒙老板关心,还行。"时俊道。

"新办的公司,一要价格优惠,二要人脉广,再要库存跟得上,断货缺货不利于发展的。"白孟礼煞有见识的样子。

"这位老板说的极是。动问声老板,与我家先生是接洽生意还是?"时俊拢拢双手。

"闻顺城红钱街新开了家电料公司,特地赶来瞧瞧。款式不多呀!"白孟礼在圈椅上坐下来,"章老板不在?"

时俊听说找章千里谈生意的,忙道:"章老板外面联系业务去了,回来时间估计得稍晚些。不知贵客需要些什么,我帮您记下可否?"

白孟礼听章千里谈业务,心知是去外面搞"革命宣传"了。他与李可明快速交换了下眼色。

"二位,请用茶。"彩荷端着托盘走了进来,将两杯茶放在白孟礼旁边的茶几上,而后问时俊,"时俊哥,有三个人回答了昨儿的问题。茶水钱可以免吗?"

时俊想也未想就道:"只要能正确答题,啥时都可以免茶钱的。"

"什么题能免茶钱?"白孟礼笑问。

"我家先生出的关于外国人在中国领土上胡作非为的题目,

不论谁，凡回答正确的，茶钱一律免。"时俊道。

"有趣。"白孟礼呵呵一笑，继而对李可明道："章先生忧国忧民的胸怀，让人肃然起敬。好吧，小兄弟，今儿章先生不在，我们改日再来。"说完向时俊拱拱手，起身离去。

白孟礼来到熙熙攘攘的大街上，一改往日稍不满意就安排密探逮人的风格，问紧跟身后的李可明："听说过民主协会吗？"

"师座恕罪，可明的所有注意力都在军队内部，对外界的事知之甚少。"李可明担心说错话，故意装糊涂。

"就是去年与穗城民主协会联合反政府、反租界的那个组织。"白孟礼边说边打望着闹腾腾的街面。

"一个留洋生回来不做正事，搞什么反封建反列强，也不知道那个民主协会给了他多少好处，如此不要命。"李可明悄然留意着白孟礼面色的变化。

"明儿起，你放下手中的其他事，好好观察下到章千里茶馆喝茶的都是些什么人……"白孟礼压低声音交代着。

"是。"

回到办公大楼，白孟礼叫来了特务连长马立涛。

"师座。"精悍瘦高的马立涛勾着身子静候吩咐。

"歌盛茶社的情况，没怎么听你讲呀！"白孟礼把玩着一个碧绿的玉如意。

"属下昨晚才从屏藩回来……"

"怎么样？"

"如人所言，那个人没怎么尽力，才出现眼下这样的局面。"

"这样说他与钱通天有往来？"

"有传言，但没找到证据。"

白孟礼的脸色越来越难看，马立涛胆战心惊起来。

"对他的事，先放一放，明天安排人关照下'歌盛茶社'。"

"属下明白。"马立涛顿时松了口，急步离去。

马立涛按白孟礼的意思，一面派不同的人去"歌盛茶社"品茶回答章千里设立的问题，一面安排警察以搜查土匪、兵痞流寇为借口对前去品茶的人进行驱赶。

情况忽变，章千里担心白孟礼突然查封茶馆或对他们采取行动，为能快速发展和壮大革命队伍，他加快了力度。每天除了午后按时为茶客解读他设立的问题，其余时间大多与黄志远、田辉行走在方圆十里左右的顺城大街小巷，找寻各阶层人士交流宣传。晚上回到家，就埋头写宣传资料和传单。

白孟礼一反常态，除了派人骚扰茶社，并未对章千里采取任何行动。

章千里那个原本济济一堂的茶社，很快清冷下来。先前那些对进步思想感兴趣、愿意接触了解的工人群众，也开始疏远他们，甚至不肯再往来。章千里没气馁，仍是没日没夜写传单、到学校工厂呼吁宣传。可一个月下来，唯一发展成功的会员，只有刚毕业、帮他打理电料公司的时俊。暗中观察弟弟情况的章云舒，以为白孟礼给他面子，对弟弟网开一面。于是，既不找弟弟沟通也不去茶社走动，装作什么也不知道的样子，想等章千里焦头烂额时再出面。

　　白孟礼并非因为章云舒的面子对章千里宽大为怀，而是一心想做"益北王"的他，有自己的小九九。进过讲武堂的他知道，想要独霸益北，不能只凭几个敢打敢杀、冲锋陷阵的武将，还需懂得排兵布阵的谋士。一直在暗中寻访人才的他，到顺城来还没发现一个中意的。当得知章云舒弟弟在红钱街利用茶馆搞进步宣传时，本想捉拿作为监护人的章云舒是问，忽然想起其弟是个"喝过洋墨水"的留洋生。于是改变了初衷，让马立涛观察章千里的所有行踪。一个月下来，白孟礼对章千里有了大致的了解。他对章千里那股子废寝忘食宣传进步思想的认真精神，大为赞赏。觉得名不见经传的民主协会尚能让章千里通宵达旦忘我苦干，他白孟礼若是拿出当年刘备"三顾茅庐"的真诚，章千里还不为他鞠躬尽瘁、死而后已？于是，他让警察、流氓对章千里的茶馆暗暗骚扰了一段时间，看看章千里如何应对。

　　章千里既没让章云舒找他告饶，也没将进步宣传工作停下。白孟礼对这个"顽固分子"来了兴趣，决定亲自登门聘其为参谋。

　　面对上门相聘的白孟礼，章千里本想婉拒。但想到那一张张明明怀揣进步志向却又顾虑重重的面孔，想到军阀主政时局的混乱现状，想到"团结一切可以团结的人"。他改变了定位在学校、工厂、社会各界实施"金开计划"，开展进步工作的想法。于是，对白孟礼一番谦逊后，应诺了到其独立师做参谋。将茶社还给了父亲，但电料公司仍让时俊帮忙打理着。

　　章千里到独立师报到的第一天，白孟礼就让他拿出如何平息、稳定时常被益西军阀钱通天骚扰的益北边界屏藩县的计划。

　　白孟礼驻守益北，依赖的是齐汉舒、温邑山、秦怀川三个旅长，其中有悍将之称的三旅长秦怀川最善激战猛攻。驻守屏藩的是秦怀川手下团长姚云夺，月前有消息说屏藩动乱是因为姚云夺与临界军阀钱通天眉来眼去造成的。可是连长马立涛并未查出证据。对三旅长秦怀川颇为依赖的白孟礼，只好睁只眼闭只眼，但唯秦怀川命是从的姚云夺成了他的心病。

　　章千里见白孟礼让他前往屏藩，只粗略询问了下屏藩县的情况，随后作出翌日前往屏藩的决定。

　　对章千里自负的态度，白孟礼顿有失望之感，转念一想，此人既然狂傲，不妨拭目以待。行则用，不行，就治他个贻误军情，新旧账一起算，连章云舒也打下囚笼。如此一想，便哈哈大笑着答应了，当即让他挑选人马。章千里却只要了一人、一骑、一证，同时向白孟礼要了在屏藩驻军的临时调遣和指挥权，白孟礼一一允诺。

　　章千里并非狂妄自大，回国一个月时间里，在宣传革命思想的同时，他也在认真了解和观察周边及川内军阀的活动情况。军阀们忽而狼狈为奸，忽而大打出手。一会儿信誓旦旦，一会儿貌合神离，今天拼命夺来，明天涣散失去，就像小孩子们玩过家家，将士兵和百姓的生命视如草芥。

　　时常为争夺地盘大打出手的军阀，大都只会攻城略地，对成功占领的地盘并不善于驻守和治理。据他了解，白孟礼管控的益北边界屏藩县时常被驻守在百余公里外的涪城军阀钱通天骚扰，有两大原因：一个是白孟礼的主子姚子林 5 月份被北洋政府的邓泉润免去益省军务督办，调往北京，益省军务督办一职立刻被另一军阀刘玉宣取代。不肯投刘的白孟礼顿时像个没人要的弃婴，受人嫌弃、排挤；二是依附刘玉宣、怀独霸益西北野心的钱通天，军事实力与白孟礼在伯仲之间，不具备公然抢占白孟礼的地盘。继而造谣姚云夺与他私通，打算用疲兵之计骚扰、动摇白孟礼的守军，试图择机侵占。

　　白孟礼突然下榻相聘，说明早已对他章千里做了观察和了解，绝非仅仅是看中他身上留学欧洲的光环。故而在白孟礼扔给他如何治理屏藩边界的时候，他很快有了主意。

第十四章

　　万籁俱寂的东边地平线上，泛出一丝丝亮光，它小心翼翼向浅蓝的天空润去，新的一天安静地从远方缓缓移了过来。

　　挂着包裹的章千里拉开通道木门，见李可明已骑着高头大马候在门外，"李副官早！"

　　"对它合意否？"李可明指指旁边那匹健壮的枣红马。

　　"长官安排的，自然神骏。"章千里满意地点点头。

　　"李某可不是什么长官，不过就一个力争为师座分忧的兵蛋子。此去屏藩三百里左右，差不多明儿午后才能到，没问题吧？"李可明望着举止文雅的章千里，毫不掩饰他的担心。

"七尺男儿，短短五百里的路程，有什么问题。"

"那就好。"李可明笑着从兜里掏出个盖有"益省靖国军司令部"字样的特别通行证递到章千里面前，一脸茫然，"这是你向师座要的？"

"是的。"章千里点点头。

"在自家地盘上行走，还用这个？"

"有备无患。"

李可明虽然一头雾水，知道是军事秘密，没敢再问。

三百余里的路上，章千里与李可明聊得更多的是西方国家的工业和人们的思想觉悟。当李可明问及他有何高招平息屏藩边界骚乱时，他只付之一笑。

在问及李可明家乡何地时，李可明眼底闪过一丝慌乱。章千里心里不由打了个问号，"聊及家乡是件开心的事，这个人为何如此紧张？"

屏藩县位于山高林密、地势险要的大山之间，历为兵家之争的要地。故而白孟礼派遣三旅旅长秦怀川手下号称"虎将"的姚云夺安扎于此。

雕梁画栋的正堂上，坐的并非中校团长姚云夺，而是一个四十来岁、身材魁梧、灰色军服上挂着上校军衔的三旅长秦怀川。他听章千里是白孟礼新聘的参谋，特来平复骚乱的，立时摸着下巴从霸气的虎皮交椅走了下来，围着玉树临风的章千里转了一圈，随后哈哈大笑："李副官，师座关心前线兄弟，历来送的都是钱粮、弹药，今儿怎么送来个唱戏的小生？"

"哈哈哈……"坐在堂上长条桌前的十来个军官闻言，笑得前俯后仰。

章千里并未生气，小军阀的张狂在他的意料之中。他不急不慌拿出白孟礼那个代表本人亲临的玉符，径直走到宽大的大厅中央："即刻起，虎团军事暂由本人——章千里调遣，违者以扰乱军心、叛乱罪论处。"说完大大咧咧坐到了秦怀川对面的虎皮交椅上。

多次为白孟礼出生入死的秦怀川，闻言要把爱将姚云夺的军权交给眼前这个小白脸，勃然大怒，也不管作证的李可明在旁，大步赶到稳坐在交椅上的章千里面前，伸出牛小腿般粗壮的大手："给把梯子就上房揭瓦的东西。还不给大爷滚出去。"

章千里不慌不忙，待对方的手快到胸前，才轻轻一侧身，快如闪电般使出擒拿手，稳稳叼住了那只恶狠狠袭来的毛茸大手："秦旅长太客气了，请坐。"他向旁边的圈椅一扬下巴。

说也奇怪，秦怀川果真规规矩矩将屁股挪了过去。虬须中校团长姚云夺见章千里竟敢对旅长动武，立刻掏出手枪。

章千里轻轻丢开龇牙咧嘴的秦怀川，朝李可明淡淡一笑："李副官，由此看来屏藩无人骚乱，的确是有人打算另起炉灶啊！"随即侧身在秦怀川耳边轻言，"有消息称，屏藩的频繁骚乱，是有人刻意让姚团长制造的。章某不信，以阁下与师座的关系，怎会做玩火自焚的事呢。"

"是是是。"秦怀川顿时面色大变，额上渗出了汗珠。立刻冲那个虬须中校一瞪眼："姚云夺，你要干嘛？还不收起来。"

姚云夺撇撇嘴，悻悻地将手枪插回腰间。

站在一旁的李可明不明白章千里对在师里向来骄横的秦怀川用了什么招，令其当即服软，心生佩服之余，想起在路上章千里问他老家的事，顿感如芒在背。

李可明原是黔军都督杨百山手下的一名侦察连长，两年前受杨百山之命前往益南玄州刺探军情，准备大肆掠夺一回。

贵州位于桂、湘、益、滇四省包围之间，是个贫瘠而弱小的省份，所以黔军被人称为草鞋军，军阀们的发展主要靠与邻省军阀的依附，或对邻省较富地区的掠夺。去玄州刺探情报的李可明在叙永县意外救下被益军潘长山旧部围攻、逃跑时落入陷坑的白孟礼。打算在叙永县招兵买马的白孟礼见李可明机敏有文化，以为是当地人，加之感其救命之恩，将其收到帐下做了名少校副官。想到黔军一日三餐全靠四处掠夺，平素悍戾凶残的杨百山，李可明便将错就错投到了白孟礼帐下，但对其隐瞒了真实身份。此秘密若是被眼前这个留洋生发现，自己丢了性命不要紧，妻子和一双儿女恐怕难逃性格多疑的白孟礼之毒手。如此一想，浑身冰凉，冷汗直下。他偷瞄着面色平和的章千里。

"在座诸位，皆是师座信赖、倚重的爱将。某受师座重托，前来了解、处理屏藩之骚乱，不日将回顺城，并无争夺军权之嫌，望各位通力合作，不吝支持。"章千里环顾着已鸦雀无声的大厅，展开手中的一张便签，"点到名的，近前接受任务。若有推脱，以叛逃罪论处。"

秦怀川垂下头，众军官面面相觑。

"姚云夺。"

"到。"姚云夺懒洋洋从圈椅里站起身。

"来人。"

李可明脑袋一扬，两个荷枪实弹的卫兵当即冲了进来。

"将这个不情不愿的家伙带下去。"

"大胆姚云夺，还不打起精神！"秦怀川见章千里突然翻脸，李可明配合，立马呵斥姚云夺，随即堆出笑，"姚团长昨晚执勤到早晨，精神欠佳，还望章参谋见谅！"

"姚云夺。"章千里板着脸再次高叫。

"到。"姚云夺立刻规规矩矩。

"近前来。"章千里道。

姚云夺犹豫起来，不知道让他近前干嘛？

"姚云夺，你小子不会是真傻了吧？章参谋叫你呢！"秦怀川见姚云夺摸着后脑勺直拿眼望他，瞪眼催促。

姚云夺忐忑地走了过去。

"你带侦察排前往尼陈山……"章千里压低声音在姚云夺耳边一番低语。

"这个……"姚云夺脸色讶异地搔着脑门。

"此去，只许成功，不许失败。若有差池，军法论处。"章千里对姚云夺交代完，继续念名字，"常雨岭。"

尖刀连长常雨岭见团长姚云夺此时尚规行矩步，应到，哪敢迟疑，连忙双脚一并，腰板一挺："到。"

章千里轻轻在他耳边说了几句，常雨岭点点头，回到了座位上。

"贾天魁。"

章千里喊完贾天魁，立刻引得大厅里的军官齐齐东张西望。能到此厅议事的，最低职务也是上尉，一个小小的、全靠亲戚关系上位的少尉排副岂能到此场合？

秦怀川更是好奇，姚云夺是他手下最智勇双全的虎将，常雨岭是最善于山林作战的高手，派遣他们，在情理之中。贾天魁是其远亲，一个只会吃饭不会做事的溜沟子货，这个章参谋点他干嘛？他不由问："是叫贾天魁嘛？"

"对。"

"要他干嘛？"

"要务。"。

"他？"

众人异口同声，见秦怀川已吩咐卫兵去叫，忍不住窃笑。

两分钟不到，一个精瘦、老鼠眼睛滴溜溜转的少尉军官出现在大厅门口，"报告。"

"进来。"秦怀川不知章千里葫芦里卖的什么药，干嘛叫他这个没出息、专门投机取巧的亲戚。

点头哈腰的贾天魁向秦怀川和众人鞠了一躬。秦怀川努努嘴："师部章参谋找你。"

章千里对茫然望着他的贾天魁道，"回去换上便装，一小时后，随我前往潼州。"说完面向众人，"其余人等站好各自的岗，擅离职守者,移交顺城宪兵队处理。另外,李副官不用再与我劳顿,安心在此休息。"

"这是……"

此言一出,大厅里立刻嗡嗡一片,大家你看我一眼,我瞧你一眼。同来的李可明也没搞懂章千里唱的哪一出,心里暗道,"潼州是钱通天的巢穴,这不是自投罗网吗?"

章千里调遣完人员,微笑着从虎皮大椅走了下来,拉着秦怀川的手:"刚刚多有冒犯,还请秦旅长担待。"

"你刚说和贾天魁去潼州?我没听错吧?"秦怀川再一次将章千里从头到脚打量了一番。

章千里点点头:"麻烦秦旅长能不能让厨房帮忙弄点东西,为即将出发的兄弟们填填肚子,顺便弄点干粮?"

秦怀川本想再问几句,看章千里不像开玩笑,便吩咐卫兵去厨房安排饭菜。

如血的残阳,将凄美的光线交给了晚霞,黯然消失在山背后。

在屏藩通向西边的便道上,换上便装、各自带着十多个轻骑的姚云夺、常雨岭在"Y"型路口与章千里、贾天魁挥手道别。直到章千里和贾天魁两人两骑没入通往潼州小道尽头,姚云夺和常雨岭才确信今日的特别行动,不是章千里在故弄玄虚,方朝士兵们一挥手,纵马向各自的目的地奔去。

黎明时分,章千里带着贾天魁用李可明给他的那个盖有"益省靖国军司令部"特通,奔跑了十六七个小时,连过了九道卡子,终于到了与屏藩相距百公里的潼州城外。

望着高大的潼州城墙，那个平时喜欢在部队里冒皮子神吹海侃的侦察排副贾天魁，腿肚子哆嗦起来。以往执行侦察任务，大都是偷偷摸摸，全副武装，还有好几个搭档陪着。眼下只有他和章千里，唯一能壮胆的就是腰间那把匕首。他偷偷咽了口口水，低声道："章参谋，你，你以前干嘛的？"

"和你一样。"章千里知他害怕，故意诓他，"你上过学吗？"他轻轻抚摸着在路边啃青草的战马。

"家里穷，只上过两年。"

"听过荆轲刺秦王的故事吗？"

"章，章参谋，你，你不会是让我和你前来刺杀钱通天的吧？"贾天魁声音瞬间变了调。

第十五章

　　"在离开顺城的时候，师座特向我推荐了你。不会是他看错人了吧？"章千里平静地望着这个平日只会吹牛，战场上爱钻空子躲猫猫的少尉排副。

　　"白，白师长也知道有咱这号人？"惊惶的贾天魁一下直起佝偻着的腰。

　　"不然我选你干嘛？"章千里微微一笑，指指远处已经拉开的城门，"走，寻早餐去。"

　　与此同时，常雨岭率的人马早已抵达梓州，并成功找到钱部驻守旅长田启明的官邸。前往尼陈山的姚云夺带着两个手下已成功来到尼陈山钱部守军团长顾秀泉的屋外，安排其余人马候在了城门内外，做好了应急和撤离的准备。

吃完早餐，章千里指着拴在不远处的战马对贾天魁道："我们填了肚儿，它俩也该好好吃一顿。去城外找个水美草肥的地方，好好犒劳犒劳它们吧。"

面色发白、紧张兮兮的贾天魁立时开心起来："那，那您呢？"

"完事后，我去城外丁字路口那三颗黄棟树下找你。"

"要得要得。"

贾天魁如获大赦，牵着两匹马急慌慌向城门走去。

潼州城比顺城小了不少，感觉方圆不过两公里。章千里问好潼州军阀钱通天的住所，径直前往。

早起遛马回家、在四合院里洗漱的钱通天，听用人讲有位姓章的年轻人找，觉得好奇，这大早上是谁呢？

"冒昧打搅将军，章炳梧诚惶诚恐。"章千里向边挽衬衣衣袖边打量他的钱通天一抱拳。他向陌生人自我介绍时，大都用的表字。

"何事？"钱通天抹了把八字胡，坐到屋当中的太师椅上跷起二郎腿。

"属下受顺城独立师白孟礼师长之命，特来拜会将军。"

"啥？白孟礼？"钱通天触电般坐直身体，"所为何来？"

"为边界的安宁与和谐而来。"

"天下，向来是贤德者居之。他姓白的是沾了贤还是有了德？"钱通天俨然帝王的姿态。

"呵呵，章某进过学堂，读过史书，深知贤德之人断不会为了争夺一点边界让士兵血流成河，老百姓背井离乡、家破人亡。"

"大胆狂徒，来人。"向来以贤德自居的钱通天闻言大怒。

"怎么，将军不喜欢听实话？"章千里瞟了冲进来的卫兵，"试问将军，别说益省，放眼当今，谁能与南边拥兵百万的武子玉武大帅争锋？"

"哈哈，黔驴技穷的白孟礼让你用这法子来胁迫我？"干笑的钱通天向两个准备动手的士兵挥挥手。

"白师长从不恐吓他人。也不怕他人威胁，一直以息事宁人的态度与人相处。其实，凭他现在的实力和背后大树，随时可以做想做的事。"

"哈哈……他白孟礼就算投到南边武大帅的帐下，可年轻人，你知道依附到武大帅帐下，如他这般的小师长有多少吗？成百上千，武大帅照顾得过来吗？实力，什么实力，与我钱某只差不强。将这个狂妄的家伙给我关进水牢，让他显露显露实力我瞧瞧。"钱通天揶揄地向旁边的士兵扬扬脑袋。

章千里缓缓站起身，平静地对朝他走来的士兵摆摆手，不慌不忙踱了几步，回转身："虽然姚子林司令益中的军权交由他人，去北京总参理事，但无论姚子林这个人，还是益省地盘，历来是武大帅重视的。据章某薄闻，武大帅已然在安排、委托相关人手署理益内的一些地区。今儿章某所以单枪匹马前来，是带着十二分的诚意特为将军提供合作契机。将军不把握，怪不得他人不厚道。将军若是质疑，不妨给尼陈山县去个电话。"

"尼陈山？"钱通天大惊，再次向两士兵做了个停止的动作，迅疾抓起旁边桌上的电话。

电话那头很快传来手下顾秀泉说话打结的声音。

"你给老子讲清楚，怎么啦？"钱通天暴喝。

"也没怎么，将军的尼陈山和梓州已被我军掌控。当然，只是演练，并无任何侵占之意图。话说完了，两位可以送我去将军的水牢体验体验了。"章千里向两士兵伸出手。

钱通天接完电话，待得一待，立刻绽出笑脸，"哎哟哟，钱某一句玩笑，章先生居然当真了。愣着干嘛？去，厨房吩咐一声，招待上宾。"说完亲自为章千里沏了杯茶，"大热天，章先生先喝杯淡茶解解乏。"而后亲热地挨着章千里聊起来。

　　第二天下午，章千里、姚云夺、常雨岭分别回到屏藩，秦怀川听钱通天不仅今后对屏藩秋毫无犯，还同白孟礼通了电话，结为联盟，不禁对章千里刮目相看，早前藏在心里的一些花花肠子，悄然去了爪哇国。

章千里与李可明头天上午从屏藩出发，回到顺城已是翌日中午。两人刚到北门，白孟礼就伸出双臂迎了出来。

"章参谋此行，没费一兵一卒，一枪一弹，就成功平息西北祸乱，百姓之福，某之大福矣！"白孟礼与下马的章千里抱了抱。

"全赖师座雷霆万钧之威，章某方能侥幸顺利告成。"

乐哈哈的白孟礼让滑竿将章千里和李可明直接送到了他的办

公室。这个待遇不一时就传遍了顺城。

章云舒不想弟弟有此能力，心里起了微妙变化。

回到独立师大楼，白孟礼边为章千里沏茶边说："南边，李奇稼与我河水不犯井水，而今西北已不受钱通天侵扰。若是东边的丛州再得安宁，我顺城人民高枕无忧，太平矣。"

"丛州的何又川是个刁滑、为人苛刻之人，必要想个万全之策。"章千里在靠窗的大沙发上坐了下来。

"哎哟哟，先生足不出户已洞察天下，孔明不及也。可明呀，你可得学着点。"白孟礼大喜，未曾想章千里一下把中他心里的脉线。

"与章参谋此行，胜读十年书，受益匪浅。"李可明道。

"那好那好。可明，你再辛苦下，安排厨房弄几个菜，待会陪章参谋好好喝一杯。"白孟礼对李可明说。

"好的。"李可明受宠若惊急步离去。

白孟礼掩上门，迫不及待坐到章千里身边："先生对何又川已有良策？"

与顺城相距八十公里的丛州军阀何又川，是川中四大军阀之一邓力康的手下，也是益军中排名第二、很有影响力的小军阀，白孟礼对其颇为忌惮。

"听说何又川最疼爱的姨太太苗氏是山州人？"

白孟礼见他答非所问，不解，"找苗氏就能解决我和他之间的争端？"

"有没有效果，我得去趟苗氏山州的老家，方能作出判断。"

章千里道。

"打算什么时候去？"

"明天。"

"不急不急，先生已经连续骑了几天的马，多休息休息再去。"白孟礼做出极其爱怜的样子，连称呼也变了。

"师座做事雷厉风行，千里办事岂敢拖泥带水。"

"哈哈，真是太辛苦先生了。那，明天我安排几乘滑竿送你。"章千里闻风而动的办事风格，乐得白孟礼合不上嘴，一口一个"先生"。

章千里到山州，真实目的是要与山州地委负责人陈述达会谈回顺城后的工作情况，以及对实施"金开计划"的行动步骤。

从白孟礼办公室回到家已近黄昏，电料公司的铺门仍未关，章千里不觉向里面望了一眼。时俊正与一年轻女子有说有笑，打算避开回屋歇息的章千里被眼尖的时俊叫住了。

"这位就是我家章先生。"时俊向梳着两条短辫、穿格子裙的女子介绍。

"你好。在下章千里。"章千里向女子伸出手。

"贺佳好，时俊的邻居。前日才从东洋归来，闲来无事，过来坐坐，希望没打搅。"贺佳好大方地伸出纤纤玉手。

"欢迎欢迎。"

"章先生留欧归来，见识广，阅历丰，还望多指教、点拨。"贺佳好颇有几分郑雪晴的风采。

其实，郑雪晴并未牺牲，只是背部中了一枪。那天他们在朝天门码头下船时被两个便衣盯上，恰恰一个便衣早前是徐东风的下属。碰见徐东风下船聊了几句，不经意间透露了信息。机警的徐东风便暗中跟随，见到了突发事件，趁乱救走负伤昏迷的郑雪晴。伤好后，郑雪晴不知道章千里去了何处，更不知道如何与山州地委联系，上海的唐瑞升也联系不上，幸好有徐东风帮忙，在军中找了份文职工作，留下静候章千里的到来。

章千里面对女孩，历来就会无措、词穷。面对贺佳好，正窘迫间，黄志远到了。"好几天没见你，有事和你说。"

"你们聊。"章千里如释重负地向贺佳好挥挥手，带着黄志远进了后院。

"自你到白孟礼师部上班后，我们的宣传和幻灯片都被禁了。"黄志远边倒水边说。

"为了尽快获得白孟礼的好感和信任，你在工作上尽量隐讳点，传单、幻灯片需要暂时停停。"

"这样会影响新同志积极性的。"

章千里略略沉思，"要不转移转移地方。"

"你的意思去其他县城？"

"是的，在宣传时不要像往常，得改变下策略。"

"好的，没问题。"

章千里顿了顿，"对了，你明儿去趟丛州，仔细了解下何又川及他家人的情况。特别是他的姨太太，苗氏。"

"明白。"黄志远望了眼门口，压低声音，"你觉得刚刚那个贺佳好如何？"

"见过大世面，快人快语，是个可以雕琢的好苗子。抽时间做做工作，好好培养培养。对了，我明儿一早要去趟山州……"

章千里向黄志远谈了近几天的一些收获和对未来工作的想法，黄志远听完深表赞同。

三天后的早餐，山州药王山山腰一块向外突出的平台上，眺望着青翠山林的章千里不由对这座巍峨大山生出许多感慨，"挺拔天地，粲然四季，垂范千古，启迪万物。"想起两月前郑雪晴在此留下了宝贵的生命，心中止不住悲戚涌来。

"喜讯喜讯。"身着灰色汗衫、快步走来的陈述达手里举着一份电报。

章千里飞快拭了下眼尾。

"组织上对'金开计划'的进展深为关注。"陈述达兴奋地说，"我们要加油啊！"

"金开计划"若成功，将是革命史上的一座不朽丰碑。章千里刚刚心底的阴郁和悲戚，瞬间转换成了豪情万里，"三十功名尘与土，八千里路云和月。莫等闲，白了少年头，空悲切。"

"壮志饥餐胡虏肉，笑谈渴饮匈奴血。"陈述达击掌道，"我等要努力再努力，尽快完成计划，为支援、配合国民革命大计划而努力！"

两人接下来各自谈了心中对计划的一些想法。

一小时后，章千里伸出大手，"趁早上天气不太热，我得走了。"

"凌晨刚到，这会又走？"陈述达拉住章千里的手。

"黄志远同志还在丛州相候，顺城的革命工作需要争分夺秒，耽误不起的！"章千里顿了顿，声音细如蚊子，"有没有关于郑雪晴遗体的消息？"

第十六章

　　陈述达摇摇头，岔开话题，"你已经连续多日马不停蹄，革命要紧，身体也需要调节的。"说完从怀里掏出一张便签，"跟你通话后，我就安排人去了苗氏老家，何又川与她同村，自幼聪明，父母早亡家境贫寒。从小受当时为鱼县知事的苗氏父亲照顾。长大后苗父又送何又川上成都军校、娶媳妇，数年后还将成人的爱女苗氏许何又川为姨太太。为人刁奸刻薄的何又川唯独对苗父毕恭毕敬、言听计从，对知书达理的苗氏更是珍爱有加。这里有苗父主动写给何又川的一封信。希望对你有所帮助。"

　　"太好了，谢谢陈兄！"

"客气什么，为共同的理想和信仰工作，理当尽力。"

"对了，我同郑雪晴在船上结识的山州城防大队中队长徐东风，已经是我们的同志，有时间与他联络下。"

"好的，一路平安！"

"保重！"

目送着那个上马快速隐入林间小道的矫健背影，想到他同船六天就成功将一个陌生的中校军官发展成为自己的同志，陈述达心里充满了钦佩。

丛州位于益东北，境内的嘉陵江和秦江回环汇入长江，是座千年的历史古城。

第二天灯火辉煌的时候，章千里在丛州南门客栈找到了等候在此的黄志远。

"何又川的官邸就在斜对门。"黄志远推开二楼窗户，指着五十米外的那两扇朱漆大门，"此人喜大烟、自负、为人苛刻，手下兵力比白孟礼略少，一万一左右……"黄志远低声介绍着何又川的个人及军事情况。

数分钟后，章千里拿着苗氏家书，叫开了何又川大宅的虎头大门。一个三十来岁，着浅色斜襟碎花、珠圆玉润、面目姣好的女子迈着碎步来到阔大的天井。

"你是？"听说娘家来人，却不认识，苗氏打量着身材挺拔、气宇轩昂的章千里。

"来者何人？"

章千里正待回话，高大的屋檐下，一四十多岁披着白衬衫、身材矮小干瘦、摇着蒲扇的何又川高声问。

"顺城章炳梧，拜见将军。"章千里一拢灰色衣袖朗声道。

"顺城？"何又川看了眼苗氏，"不说娘家人吗？"

苗氏摇摇头，一脸困惑。

"炳梧路经山州鱼县，受人之托，带信至此。"

"哦哦，屋里请！"苗氏闻言，立刻热情起来。

何又川的客厅不如钱通天的阔气，正中一张类似于北方土炕的一个大榻。榻当中一张小方桌，桌上一杆烟枪；客厅两边各有八把雕花木椅；两木椅之间，有个与椅把一般高的雕花方茶几。

盘腿坐在大榻上的何又川看完岳父写给他的书信，面无表情地交给了隔着小方桌的苗氏，慢条斯理装起烟锅来。

"请喝茶！"挽着髻的用人将盖碗茶放到章千里旁边的茶几上。

"专门替人掮客，还是白孟礼的说客？"苗氏边问边将她父亲的信折放在了小方桌下的抽屉里。

"只为苍生。"章千里道。

何又川深吸了一口，两股粗大的白色烟雾从干瘪的鼻梁下方悠悠窜了出来。"小伙子，门口有张镜子。去，好好照照。"说完斜躺在了大榻上继续吞云吐雾。

"不瞒将军，在下造访前，的确照过镜子，也看见了该看见的。"章千里嘴角微微一勾。

"看见了不自量力？"

"是的。在下同时也看见了将军准备宏图大展，连山州驻军长官赖德云将军也心生钦佩。"

何又川闻言，愣了愣。

苗氏忙问："你们白师长和赖将军什么时候形成的同盟？"

"何将军应该知道白师长与赖德云将军是同门师兄弟，曾同属潘长山司令部下。虽然期间发生过不愉快，但早已化干戈为玉帛。"章千里呷了口茶，继续道："白师长素来敬仰何将军的为人，欲与将军达成同盟，大碗吃肉，大盅喝酒。"

"呵呵，我岳父咋知道白师长与南边的武大帅关系异常融洽？为曲线救顺，用心良苦啊！"何又川放下烟枪直起身。

"顺城地理位置独特，四面邻居的关系，固若金汤，何须救治？"章千里笑问。

"据小女子所知，顺城西北边已经不堪钱通天骚扰，白师长即将拱手相让了。"苗氏帮丈夫证实着外间的传言。

"告夫人，钱将军已于多天前和白师长达成了生死同盟。"

"都是你的杰作？"

"白师长精诚所至。"

"呵呵……"

一个时辰后，何又川亲自将章千里送到客栈，还赠了不少的盘缠。

白孟礼对章千里的能力大加赞赏，将他从一楼的参谋室调到了隔壁的机要室。

　　到机要室短短一个月，章千里从电讯科、作战室先后揪出了为界外军阀输送情报的内奸。同时获知连长马立涛虚构的家庭情况以及个人有案底的信息，但并未上报给白孟礼。

　　三个月后，深得白孟礼信任的章千里，从一个无阶参谋一跃成为由白孟礼垂直领导的政训科中校副科长。

　　政训科副科长的工作，虽然是主管政治教育培训，但同时监管和审核全师军官身份信息，是个名副其实的实力派职位。

　　益北的数九天，虽然雪天很少，但潮湿的空气不比冰雪世界的北方气温暖和。座落在顺城南街正中那栋"凹"形欧式办公大楼，白日里威风八面、睥睨天下，此时若非二楼政训科宽大的玻璃窗里绽放出亮光，恰如已油尽灯枯、在黑缎里等死的巨兽。

　　坐在宽大朱漆办公桌前审阅资料的章千里，听叩击窗玻璃的雨点愈来愈急，不由抬腕看了下表，已晚上7点。

　　"叮铃铃……"案头的电话又一次响起。盯着那个十分钟不到连续取了三次的话筒，再次瞄了眼腕表，7：05分。"这个电话一定是他打来的。"他轻轻提起话筒："喂……哪里？"

　　"Bonjour!（您好）"果然，话筒里传来一句法语的雄浑问候。

　　章千里的血压陡然飙升，那只接电话的手因欣喜而微微颤抖。他极力控制住内心的激动，用益省话问："晚上好，请问找谁？"

　　"Bonjour！麻烦找下章千里章科长的啦。"对方再次用法语问了声好，才转回上海话。

　　"春雨吗？"章千里控制住内心的激动，回应着信号。

"你这匹千里马真跑野了？才几个月不见，就听不出吾的声音啦？"对方打趣的语气里带着一份责怪。

"春雨兄好，好久不见，这时候来电有何赐教？"章千里的语气有些淡漠。

"不耐烦哦？还不到 8 点，难不成就打搅了侬的休息？"对方不高兴的声音传了过来。

"哪里哪里，春雨兄见谅，我们这里早已天黑。若不是今儿加班，一小时前就下班了。"

"有相好的了没？需要我帮忙介绍吗？"

"哪有人瞧得上我这个榆木疙瘩……"

两人没聊几分钟，对方说家里来了客人，接着就是一声"aurevoir（再见）！"，黑色话筒里立刻传来"嘟嘟"的忙音。

电话是山州陈述达同志打来的，他用暗语告诉章千里，不仅在山州联络好了参加"金开计划"的人选，连益南也传来佳讯。欣喜的他推开窗，让冷空气平复着自己对"金开计划"顺利发展的喜悦心情。

让章千里万万没想到的是，此时此刻，巨大的"凹"型大楼对面、与他办公室相距四十米的三楼，窗帘后那个望远镜，将他的每一个表情都瞧得一清二楚。那人见章千里收拾东西准备下班，迟疑片刻，放下望远镜，迅疾下楼去了一楼电讯科。

抑制不住喜悦的章千里，暗暗告诫自己："虽然已在独立师站稳了脚跟，革命思想成功影响了三个旅长中最出色的齐汉舒。

但影响归影响，齐汉舒并无明显的倾向，一切还任重而道远！"想到此，他刚毅脸上的喜悦之情很快转换成了凝重，默默关上窗户，从衣帽钩上取下黑呢大衣、摁灭电灯，步履稳健地跨出了办公室。

撑起雨伞正待离去的他，突见对楼电讯科房门亮开，电讯员拿着一张纸急急拐向梯步。正要上楼，楼梯间里伸出一只手，快速接过，转身消失在了旁边黑黢黢的通道里。

章千里忽然间意识到了什么："我刚与陈述达同志的通话，莫不是已被人窃听？"他仔细回忆着与陈述达的谈话内容有无纰漏。"看来白孟礼早注意我了。"

8 点不到，雨夹雪的街上就已经不见行人。

撑着雨伞拐出大门不到五十米，章千里的余光里一条黑影忽然恶狠狠向他袭来，本能地挥出雨伞。背后再现风声，直奔腰际，连忙一个闪电侧滑，顺势一记漂亮的"秋风扫落叶"，快捷而凌厉。

两偷袭的蒙面人吃了一惊，未料文质彬彬的章千里居然功夫不弱。两人再次举起手中尺长凶器，章千里赤手空拳迎了上去。

一高一矮的蒙面人配合默契，弥补了他们不算高强的功夫。三人战得难分难解的时候，街头一道雪亮的光线打了过来。

嘀嘀……一辆轿车从背后驶来。

"闪。"两蒙面人落荒而逃。

"章副科长？！"李可明跳下车，"刚刚怎么回事？"

"李副官，这是哪里来？"章千里见来者是李可明。

"在后面仓库取东西。那两人是谁？有伤着吗？"

"没事。这时候取什么东西？"

"哦，对了，白师长让我取完东西，接您去他府上。"李可明担心隔墙有耳没正面回答。

"去他府上？"章千里有些意外，到独立师上班将近半年，虽受白孟礼器重，还从未被邀请去过他的官邸。

"是的，上车聊。"李可明打了个冷噤，"今晚怕是要大雪。"他为章千里拉开车门，而后迅速回到驾驶室，"雪佛兰"立刻蹿了出去。

第十七章

　　副驾上的章千里闭上眼，仔细回忆着刚刚袭击他那两人的身型，他们是谁，为什么袭击他？他突然挑开眼帘："对了，你在后面仓库，见没见2号楼通道有人出入？"

　　"那里每天下午五点就锁了呀！"李可明顿了顿，"管钥匙的杜老头一直和我在仓库。再无他人。"

　　"什么东西需要连夜冒雨来取？"章千里再问。

　　"老头子让拿几套衣服。应该是有外勤。"李可明说。

　　"让我参与外勤？"章千里吃了一惊。

　　"这个不清楚，只知道今晚带队的是连长马立涛。"

　　章千里又是一惊，马立涛是白孟礼的铁杆鹰犬。若是将他与马立涛安排在一起执行任务，绝非信任，一定别有深意。白孟礼现在越来越神秘了，连贴身副官也防着。"你不会被他察觉到什么不对的地方了吧？"

　　李可明放缓车速，"二旅长温邑山的干儿子侯展武明天将出任宪兵队小队长。"

　　"就参谋部那个侯展武？"章千里瞪大了眼。

　　"是的。"

　　章千里没料到参谋部见人就脸红、三天不说九句话的侯展武会被白孟礼任命为宪兵队小队长，更不会想到拿望远镜监视他的人正是侯展武。

　　此刻，那两个行刺他未成功的人来到距离独立师办公大楼南边三华里、号称富人区的梨园坝上。两人贼溜溜观察着四周，而后闪进了旁边的四合院。

　　披着狼裘的独立师第二旅旅长温邑山，听江湖人称夺命阎罗的"天猴地獾"对章千里行刺失败，不由在堂屋里背着手默默踱起步来。他对章千里暗下杀手的动机有二：一是章千里在复查军官身份时，发现了其与白孟礼仇人潘长山私通的秘密；二是嫉妒章千里短短半年时间成为独立师炙手可热的人物，担心成为他升任副师长的障碍。所以，欲除之而后快。

　　"确认是白师长的座驾？"温邑山突然回身，紧盯着噤若寒蝉的"天猴地獾"。

"车牌顺军001号，绝没错。"瘦小的"天猴"恭声道。

"车从大楼侧边的巷子里出来的？"温邑山审视着两人，

"是的。"

得到确认，温邑山阴郁的脸上露出喜色。没曾想白孟礼对那封由他指使人投递的举报信之重视，远远超出了预料，老头子竟然会派人连夜行动。

温邑山忽然觉得搞暗刺太有风险，何不借机来个火上浇油、一石二鸟、借刀杀人？想到此，他折身进了里屋。片刻，提着个花布包裹从里屋出来，他向"天猴"附耳了一番。

精悍的"天猴"唯唯连声，双手接过温邑山手中的花布包裹，与粗壮高大的"地獾"迅疾出了院子，隐没在了刺骨的寒雨之中。

当……当……当……远处教堂的钟声，击破浓郁夜幕，响彻了城区。

往昔晚上的8点，红钱街灯火通明，人来人往，唱戏的、杂耍的、卖小玩意的正热闹登场。而此时，许是气温过低，许是嗅到什么紧张空气，除了街道两边冒着雾腾腾热气、吆五喝六的小吃馆，飘着雨雪的街上，萧萧索索、冷冷清清，若不是几个趁大人不留意溜出顽皮打闹的孩童，整条街完全可以用上"死寂"两个字。

位于红钱街黄金地段的"歌盛茶社"，铺门紧闭，唯有右边那扇紧邻彩荷家的过道木门敞着。双手拢袖的时俊，已经在木门前出现了数回。仍不见章千里归来的身影，他再次转身回了后院。

"时间不早了，要不我先帮你下点抄手（馄饨）吧？"时俊对已加入党组织、公开身份是章千里电料公司股东兼会计的贺佳好道。

"雨越下越大，你去接下先生咋样？"炉子前、身着蓝色呢子大衣的贺佳好轻轻合上《赤光》。

"别担心，先生午后出门带了雨具。临上班时他讲过今晚回家稍迟，这会估计已经在回家的路上了。"时俊揭开炉盖添了几块木炭。

等候章千里的不仅时俊和贺佳好，还有对章千里暗生情愫的邻居彩荷。她见雨越下越密，仍不见章千里归来的影子，踟蹰了一阵子来到后院，"时俊哥，千里哥还没回来呀？你感冒了不便出门，要不把雨伞给我，我去接下他吧！"

"怎么，你感冒了呀？"贺佳好一时没明白过来。

时俊心里一乐，"咳咳……"故意咳了两声，"哟，还真有点感冒啊！麻烦把门关严点。"他指指彩荷身后嗖嗖灌冷气的木门。

贺佳好旋即明白，掩嘴一笑。

"很好笑吗？"彩荷那双圆鼓鼓的眼睛立时生出妒意，边梳弄独辫边用肘子顶上木门。

就在彩荷叠上房门那一瞬，一只手将门推住了。"怎么，不欢迎吗？"一身着军服的男子笑嘻嘻探进头来。

时俊见是章千里以前一个科室的参谋侯展武，进屋就双目乱转，暗道，"此人和先生并无往来的。"不由警觉起来，"有事吗？侯参谋。"

　　"哎哟，章副科长家好暖和。听说他家的天井，摆设极为典雅，借此机会欣赏欣赏不介意吧？"笑嘻嘻的侯展武边说边拉开房门，借着灯光审视着百十米的天井，十多盆耐寒的蟹爪兰、长寿花、观音莲和风信子摆放得错落有致。"那些盆景不怕冷呀？"一副刘姥姥进大观园的模样，说完掩上门，端详起四十多平米的堂屋来。迎面一张做工讲究的朱漆供桌；左边，宽大的朱漆条桌和六张雕花檀木圈椅紧靠厨房；右边，一张简洁时髦的双人沙发与朱漆茶几倚窗摆放；靠沙发那个高低柜上，一套倒扣着的玻璃时髦茶具，给稳重的房间增添了新气象、新活力。

　　中等身材的侯展武在屋子里溜了一圈，才慢条斯理地在贺佳好对面的檀木圈椅上坐了下来。"听人说章副科长的茶社这几天在经营抄手，我家里今儿没人做饭，就过来瞧瞧。可以帮忙煮一碗吗？"

　　"我家先生数月前就将茶馆还给老爷子，不搞经营了。"时俊见平常看人目光躲闪的侯展武此刻饿狼一般盯着贺佳好，没好气地说。

　　"要不你们待会吃什么，分一份给我也行，钱照付。"侯展武从冷冰冰的贺佳好身上收回目光。

　　倚在门边的彩荷见侯展武盯着贺佳好不转眼，对她连瞄也不瞄一眼，心里有气，心知时俊也不喜此人，便道："今晚他们和千里哥都上我家吃晚饭，没见我在等啊？你还是另找地方吧。"

　　"章副科长到师座家享美味去了……"侯展武突觉失言，忙打了哈哈，"呵呵，玩笑的。估计他快回来了。好吧，听彩荷妹子的，另找一家瞧瞧。"说完背着手出了门。

时俊与贺佳好交换了下眼神，跟了出去。

出了通道门的侯展武，并未另上任何馆子，而是叫了辆人力车直奔红钱街尾。时俊心知有异，疾步追了上去。

引擎盖冒着热雾的"雪佛兰"在章千里与李可明的谈话中已稳稳停在了北城模范街那座临江、高大阔气的欧式官邸前。浅色大门两边，各一个腰杆笔直、雕塑般的武装卫兵。

模范街两年前叫水街，是顺城最偏、最冷的小街。信奉风水的白孟礼到顺城后，听阴阳先生说此街背北面南，紫气东来。特别是临江处那个常人不识的长大土坎，风水上叫"青龙归朝"，贵不可言。一心指望做"益北王"的白孟礼闻言大喜，下令扩建水街，在那道临江的土坎上开建官邸，并将水街改名模范街。

官邸建成后，前来攀附的仕宦商贾往来不绝，一些投机商瞅准机会也来此修建商铺。一时间，原本偏僻、冷戚的小街顿时车水马龙，成了仅次于红钱街的新兴大街。

李可明跳下车，快速绕过车头，热情地为章千里拉开车门："章副科长请！"

"请！"章千里犀利的目光快速扫视着周围，平坦、宽敞的街上，由于天黑和雨夹雪，只有几个行色匆匆的路人。庞大森然的两层楼，在寒雨中像个被打入冷宫的怨妇，孤独没有生机。

章千里随李可明跨进大门，穿过两株高大香樟的天井，在大楼正中那扇茶色双扇门前，李可明两脚一并："报告！"

"老爷在楼上。李副官和这位先生请！"茶色木门无声开了，屋里灯火辉煌，暖空气迎面扑来。一个年过五旬、老妈子打扮的妇女向李可明与章千里躬躬身，待两人进屋，轻轻合上门，倒完茶水进了楼梯边的侧屋。

金色落地窗帘下，三张进口黄牛皮大沙发点缀在棕色、价格不菲的欧式家私当中，让宽绰豪侈的客厅平添了几分贵气。特别是那套熠熠生辉的宫廷金镶玉茶具，和着那张雕工细腻、四条几腿与几面衔接处镶着黄金篆字"柚"的翡翠茶几，更让贵气升腾为无尽的奢华。

随意浏览的章千里惊奇发现，客厅里十多件木质家私要么腰部，要么四角，皆有两个或四个黄金篆"柚"点缀其间。他暗暗惊叹："柚木百年成材，密度大，坚硬如铁，不易膨胀，非常稀有，无论是材质还是价值，算得上木材中实实在在的王者，就算皇亲国戚、巨富大贾鲜有这样大面积的珍贵家私。如此兵荒马乱，民不聊生的年月，白孟礼作为贫穷地区的军政长官，竟然不顾百姓日无呼鸡之米，夜无鼠耗之粮，如此穷奢极欲……"

"章副科长，我先告辞一步。"站在一旁的李可明望了望客厅尽头的木旋梯，向打量屋子的章千里轻声打了个招呼，大步离去。

貂皮加身，像头黑熊一样的白孟礼隐在木旋梯一侧，悄然观察章千里片刻，才现身笑眯眯招呼："千里来了，怎么站着呢，坐呀！"

"晚上好！师座。"章千里微微一欠身。

白孟礼下到客厅，冲侧屋喊道："余妈。"

"请老爷吩咐。"用人余妈勾着身小跑出来。

"给千里弄点吃的过来。"白孟礼说完一屁股嵌进了宽大的牛皮沙发，"愣着干嘛，坐坐坐。"

"谢师座！"章千里大大方方坐到侧边的单人沙发上。

"军官们的个人资料，复查得咋样了？"白孟礼抹了抹开始谢顶的背头。

第十八章

　　"回师座，即将完结。"刚坐下的章千里身板一挺，站起身。

　　"复查工作是个细致活，以前三个人得忙半月。你一个人十天就将完成，难能可贵，难能可贵。坐坐坐。"白孟礼又一次招招手。

　　"谢师座！"章千里再次落座。

　　"7点过了还在加班，这样的工作态度值得大楼里那些懒家伙们好好学习。劳累一天，本该让你好好休息……"白孟礼将几上的茶杯向章千里面前轻轻挪了挪。

　　对于白孟礼毫不掩饰有人在监视他，章千里故作糊涂，微微一勾嘴角，"师座若有新差遣，千里之荣幸。"

"嗯，还是拿笔杆子的人觉悟高，急人之所急，想人之所想。"白孟礼从银质的烟盒里取出一支洋烟，在几面上轻轻触了触，"其实，年轻人锻炼锻炼不是什么坏事。今晚与马立涛去执趟外勤如何？"

"谢师座信任！"虽然李可明已告知，有了思想准备，仍是暗暗心惊，"这老滑头真让我与马立涛执外勤，何居心？"

白孟礼点燃洋烟，深深吸了一口，微眯着金鱼眼："此次行动绝密，由你全权指挥。具体行动方案，马立涛在路上会告诉你，我就不啰唆了。"

"保证完成任务。"章千里心里又是一惊，"看来这趟任务的路线不短。"

尾随侯展武的时俊，直直跟到了梨园坝，待侯展武进了温邑山家，才折身回了"歌盛茶社"。

"那土贼居然是温邑山的狗腿子。"时俊接过贺佳好递过的毛巾，边擦头边说。

"他借口买抄手，其真实目的何在？"贺佳好支着下巴默默望着炉子里的炭火。

"你把门关好，我去趟白孟礼官邸。"时俊将擦湿的毛巾搭回屋角的洗脸架上。

"黑灯瞎火的，你去外面能看到啥？先生回来不就知道了。"贺佳好明白时俊是想去探探情况。

"闲着也是闲着，我去看看就回。你关好门。"时俊说完出了屋子。

倚在通道门口仰望天空想心事的彩荷，见时俊手里拿着草帽匆匆要走："接千里哥去呀？"

"瞎转转。"时俊扭身闪入雨雾中。

彩荷连忙转身，拿出早已藏在门后的草帽和斗笠，远远跟在了时俊身后。

彩荷与时俊一前一后离开，引起了对面阁楼上痴望的王二无边醋意。

王二是个破落户子弟，自从章千里不再经营茶馆，不愿找事做的他，成了无业游民。虽然无所事事，但很少惹是生非，生活来源全赖阁楼下那爿铺面的租金度日。二十四五还未成家的他，打小喜欢街对门的彩荷。彩荷长成大姑娘后，他痴情暗增，心生悬望。当时听说章千里开茶馆请了邻居彩荷，立刻毛遂自荐。那段时间与彩荷天天在一起，献不完的殷勤，使不完的劲。但彩荷对他仍和以前一样，不理不睬、白眼相向。他明白彩荷心里喜欢的是章千里，知道不会搭理他这只想吃天鹅肉的癞蛤蟆，但他仍去彩荷奶奶经营的杂货店忙前跑后，讨好献媚。回到阁楼，第一时间就去神龛前焚香祷告，祈神灵、祷祖宗，求保佑彩荷能够钟情于他。每到夜晚，无论是皓月当空，还是漆黑一片，他都会守望在阁楼窗口，凝视着彩荷家的那栋小青瓦房，期望哪天彩荷突然站在屋檐下对他微笑、向他招手。此时见彩荷紧跟时俊而去，心里如何不醋意翻滚？连忙下楼跟了上去。

时俊来到白孟礼官邸对面，担心卫兵发现说他图谋不轨，躲在了对面的大树下。打算章千里出来，第一时间向他汇报关于侯展武的情况。

彩荷见时俊行迹怪异，也悄悄躲在了不远处的暗影里。

藏在白孟礼官邸暗处的不止时俊、彩荷、王二，还有奉温邑山之命监视章千里的"天猴地獾"。

章千里与白孟礼没聊几句，用人就端来一盘上好的卤牛肉和一盘热腾腾的水饺。

"公事仓促，简单吃点，不然长夜难熬。"白孟礼那张大饼脸上堆出长者般的温暖。

"蒙师座厚爱，属下就不客气了。"章千里明白了启程时间，不再谦让，甩开腮帮子就干。

"嗯，军人就应该你这个样子，文如处子，武如脱兔！"白孟礼欣赏章千里在不同环境下的风格，"谈完公事，还有点私话。"

"请师座示下！"章千里忙停下筷子，阳光的国字脸上现出灿烂。

"别停筷子，边吃边聊。"白孟礼示意章千里继续，"翻年你就 28 了，对吗？"

"谢师座垂注，正是。"章千里边吃边回答。

"28 可不小了，早该有个温软的小娘子拥着啦。不孝有三，无后为大，应该考虑下家中老人的心情了。"白孟礼说。

"辜负师座错爱，属下上无片瓦，下无立锥之地，房屋皆是父母的，没哪个女子肯垂青的。"

虽然郑雪晴与他没直言过感情，虽然她已经牺牲半年有余，但她的一颦一笑，仍是章千里心间的全部。

"和那位东洋归来的女子，难道不算恋人？听说除了是你的股东，还以主妇般的姿态出现在你家，不会说与你不投缘吧？哈哈哈……"白孟礼哈哈大笑。

"回师座，我和她纯属生意上的合作关系，别无他念。"

"别忘了，我也是从血气方刚的年纪过来的。呵呵……"顿了顿，"是看不上？还是占了人便宜，又觉不合适？"那双微眯起的金鱼眼似笑非笑，紧盯住章千里的双目。

章千里嘴角微勾，"回师座，那女孩叫贺佳妤，顺城商会会长贺开来的千金，是属下远亲时俊的儿时伙伴。三月前贺大小姐从东洋归来，对属下办的电料公司颇感兴趣，便入了股，并兼会计。我们间只属工作关系。"

"哈哈哈……一个妙龄女子主动找人入股，说明心中早已中意于那个人。"白孟礼摸着肥硕的脑袋哈哈一乐，"贺会长与你大哥章参议长多年好友，贺大千金与你都留过洋，门当户对，蛮般配的。男大当婚，女大当嫁。我让三姨太去贺家帮你提提亲如何？"他分外关心的样子。

"谢师座慈爱，属下与贺家千金，年岁相差甚大，不合适的。"章千里郑重回道。

"自古以来，男人大女子二、三十岁也属正常。贺家女子的年龄我晓得，你不过大她5、6岁，怎么就叫相差甚大了？我长三姨太整十五，不照样鸾凤和鸣吗！"白孟礼得意地晃着肥脑袋。

"师座魅力辐射江河，粉黛们自然倾服。"章千里将最后一个饺子塞进嘴里。

"既然贺大千金难入你的法眼。那你觉得丹子如何？"白孟礼斜着目光跷起了二郎腿。

章千里正猜测老狐狸今儿与他大谈私事的目的，绕圈子原来是打算将侄女丹子许配于他。丹子与他从参谋部共事到现在的政训科，虽然相熟三月，但两人几乎没打过招呼，是个看不出什么情绪的漂亮女孩。白孟礼为了圈住他、让他死心塌地效命，或有心存善意提亲的可能，但在他身边埋雷的可能性更大，近来对他的连番监视和刚刚电讯科出现的那一幕足也说明问题。章千里后悔刚刚应该默认已有意于贺佳好，但为时已晚。

"怎么，连我家丹子也瞧不上？"白孟礼见章千里没回答，显得有些不高兴了。

"属下实在……"章千里显出为难的样子。

"哈哈哈……原来章副科长早已心仪咱们丹子了。"白孟礼故意误会，打着哈哈扭头向呈"Z"型的红木扶梯，啪啪啪……三击掌。

不到四十、身披白色狐裘妖冶玉润的三姨太在白孟礼掌声落下那刻，扭着水蛇腰款款出现在楼梯前，身后跟着微波洒肩、面含娇色、着便装的丹子。

平时少言寡语的丹子，此时落落大方，主动向章千里点点头，随后坐到了他身侧的木椅上。

见过大世面、经历过多次革命运动的章千里，在儿女情长方面老没进步，面对突如其来的场景，手心也不受控地冒汗了。

　　紧张的他深知眼前这个手握重兵、掌管着益北军民两政的任命和生杀大权的矮胖子，是个翻脸比翻书还快的小人。绝不能感情用事，给革命工作带来麻烦，影响"金开计划"的正常进行，他很快镇静下来。

　　为早日坐上"益北王"宝座、四处寻找人才的白孟礼，本以为高官厚禄能够驾驭好章千里这匹留学归来、"思想前卫"的千里马，谁知这小子到部队任了军职，仍在社会上搞革命活动。想到这小子的出色，他睁一只眼闭一只眼，没料到那小子居然私下拉拢军官。原本要将其开除、收监、酷刑，却被人称"鬼姬"的三姨太给拦住了。

　　三姨太的意思，人上一百形形色色。有人爱名爱官职，有人爱财爱美人，想要成就霸业，就得学会帝王对臣子的驾驭之术。并举例讲了哪些帝王为了江山社稷，不惜将胞姐妹、亲生女下嫁与千里之外的藩王、手下大将的故事。而后建议将他的私生女丹子嫁与章千里。白孟礼觉得有理，点头同意了。

　　丹子并不知道她的真实身世，一直将白孟礼当叔父。

　　坐到白孟礼身边的三姨太，见丹子放开了平时的矜持，小鸟依人般坐到章千里身旁，心里很是满意。尽管章千里显得很顺从、镇定，但她知道他是排斥丹子的。想了想说："千里呀，丹子从小就乖巧懂事，知书达理，你们师座对三个儿子的爱不及疼这个侄女半分。当然，你这样的大才子能钟意丹子，也是我们丹子的福气。两情相悦因情起，红颜知己何处觅。好姻缘难得，我看啊，翻年找个黄道吉日把婚事给你们办了，意下如何？"

第十九章

　　章千里见三姨太和白孟礼一唱一和，立马起身深施一礼："谢师座、三姨太深爱。人生大事，属下可否先征求下父母的意见？"

　　"呵呵，这事我已和章参议长聊过，他双手赞成，不然今儿怎会提及？"旁边不动声色的白孟礼打着哈哈。

　　本想推辞的章千里无语了，自古长兄当父。违背大哥就是违抗家长，他快速转动着脑子想应对之策。

　　冷眼旁观的三姨太微微一笑："师座时常夸你能力超群，又与章参议长有同窗之好，了解你的家庭情况和个人才华，不然怎肯将掌上明珠许配他人？我们丹子不仅聪慧美丽、能力强，料理家事外务也是一把好手，若不信可以把你家那关了的茶社重新开张，或者将你的电料公司让她管理试试。"

章千里心里一惊，"大哥竟然跟白孟礼同窗，怎么从未听他讲起？"

"怎么样？"三姨太见章千里微笑不答，追问。

"但凭师座、三姨太做主。"面对对方的步步紧逼，章千里担心再拒绝，白孟礼翻脸坏了大事，只好允诺了与丹子的亲事。

"窈窕淑女君子好逑，哈哈哈……"

候在门外的李可明听屋里传来白孟礼哈哈笑声，喊完报告疾步走了进去，随即对白孟礼附耳低语。

"丹子。"乐呵呵倚在沙发上白孟礼坐起身来，向丹子扬扬脑袋。

"好的。"丹子明白所指，立刻春风满面向厢房走去。

如释重负般偷偷舒了口气的章千里与微侧着身的李可明快速交换了下眼神。只见李可明那只垂在裤缝上的手伸出三根指头，而后迅疾出了客厅。章千里心知李可明是在向他暗示着什么，却不明白含义所在。他脑子里突然闪过电讯科梯步间那个模糊的影子，难道在大楼里监视他的是丹子？

雨夹雪，像玩累了的孩子，突然间就歇了下来。灯光昏暗的白府大门前，五骑江湖蒙面侠客打扮的人已整装待发。

丹子拿出亲手为章千里制作的皮袄，看了又看，生怕哪里有没处理好的线疙瘩让他不满意。心里对叔叔和三姨促成的亲事，难以名状地感激。就算章千里不喜欢她，就算他是一块冷冰冰的石头，她也会用自己的十二分热情将他捂暖、将他融化。努力平复了下心情，才快步向客厅走去。

躲在对面大树后的时俊正满腹狐疑，忽见一身黑装的章千里跨出大门，身后一个疾步跟出的妙龄女子喊住了他。她娇羞而亲昵地将手中的皮袄递到了他面前。章千里只略略迟疑了下，就快速穿上，拉起肩上的围巾蒙上脸，大步下了三步台阶，偏腿上了领头蒙面人旁边那匹雄健的棕色大马。

此种情形，时俊哪敢冒失上前。

"出发。"领头蒙面人一挥手，几骑立刻踏踏踏……奔东门驰去。

时俊搔了搔后脑勺，自言自语："先生和那伙人，明明都是独立师的军人，为何一身江湖侠客的装扮？"他茫然无措地望着快速消失在黑幔中的六骑，不明白章千里随他们此为何事，此去何地？还有今晚侯展武与温邑山又是唱的哪出戏？他突然记起今晚黄志远要到茶社开小会，忙闪出大树，大步离开。

与时俊保持着距离的彩荷更是一头雾水："时俊说千里哥今晚加班，为何与那伙黑衣人骑马去了东门？走的时候为啥时俊不上前与千里哥打招呼，只躲在大树后偷看？那个为千里哥拿皮袄的女子又是谁？"一连串的疑问，想得脑子痛，她决心跟在时俊身后看个究竟。

想着心事疾步前行的时俊仍未发现尾随的彩荷。在路过一个叫"果山"的公园时，他偶一抬头，瞅见公园边的奎星楼下有两个鬼鬼祟祟的人影进了墙角。

时俊脑子里第一反应是，年关在即，贼娃子比平时猖狂了不少。心念立转，想瞧个究竟的他，矮身沿旁边的林带贴了过去。猫着腰来到奎星楼前，正要过转角，忽听一公鸭嗓子低声问："章千里真去了？"

"小人亲眼所见，不敢半点虚言。"一个太监声音小心回答。

鸭公嗓沉吟片刻道："辛苦二位了，接下来……"压低声音嘀咕了几句，而后分贝稍高，"此事天知地知。"沙哑的声音里透着一股子无尽的寒意。

时俊听鸭公嗓耳熟，小心翼翼探头一瞧，原来是侯展武，大惊的他连忙竖起耳朵。

只听太监嗓子惶恐回道："小人就算有一万条狗命，也不敢对掌柜的事稍有差池，大人尽管放心。"

"这是掌柜给你俩的辛苦费。"

"哎哟，这么……多谢掌柜赏赐，多谢大人玉成。"

时俊听到此，赶紧蹑手蹑脚闪到旁边不远的大树背后。

彩荷冷不丁从暗处闪到时俊身后，小声道："时俊哥，刚刚那两人是小偷吗？"

"你，你干嘛？"时俊吓了一跳。

"孤男孤女，黑灯瞎火偷偷摸摸干嘛？"两人背后跳出一张因愤怒而扭曲的脸来。

"王二？！"时俊和彩荷异口同声，吃惊地瞪视着对方。

时俊见王二一脸怒气，明白过来，忙打了个噤声手势："要命，赶紧随我离开。"说完猫着腰拉着彩荷急急跑了。

王二见漆黑里时俊紧张的模样，他哪还顾得上吃醋，慌慌撵了上去。

时俊回到后院，黄志远正和贺佳好说话。忙掩上房门将今晚见到的事向黄志远详细做了汇报。

黄志远听完，明白这一系列动作与温邑山脱不了干系。只猜不透侯展武指使那个瘦子要干嘛！难不成要对外勤的章千里打黑枪？大凡执外勤的都是身手敏捷、枪法、功夫不弱之人，加上几个人都是清一色装束，夜色茫茫如何认得准目标？千里的装束？黄志远越想越担心，"你说章千里穿了那个女子送的皮袄？"

"是的。"时俊点点头。

黄志远闻言，第一时间想到了找李可明问问。李可明入党的事，由于组织纪律，只有他、章千里和田辉知道。"我去会一个朋友。"说完忙忙告辞。

寒风如刀，章千里与几个蒙面人驰出东门，乘渡船过了千米宽的嘉陵江水域，上岸后铁蹄翻腾，长鬃飞扬，一个紧跟一个，一个重叠着另一个，宛如暴风雨中勃然争先的海燕，飞驰向东。

半小时后，领头的连长马立涛放慢了马速，拉下面巾，与稍后的章千里并行，"章副科长的骑术，出人意料的好呀！"

"章某这拙技，就别提了。"章千里随口应了句，他是第二次东行，上次是与丛州军阀何又川会谈。"今晚将前往何处呢？"

"听闻章副科长1920年就去了法国，是在那边学的骑术吧？"马立涛问道。

"是的。"

马立涛从腰间掏出个黑不溜秋、油光发亮的羊皮夹子，拧开夹盖，"有没兴趣？"他将夹子递向章千里。

章千里二话没说，接过羊皮夹子一仰脖子，咕咕灌了几口。"好酒！"抹抹嘴将夹子还给了马立涛。

马立涛本是出于礼节性的一个邀请，不想平时文质彬彬、讲究的章千里此番纯粹得就是个江湖袍哥，与他这个大老粗间没有半点距离，心里好感顿生。

"敢问章副科长，这酒下肚，是不是心里愈加温暖如春了？哈哈哈……"

"马兄何出此言？"章千里知他指丹子送皮袄之事，故作糊涂。

"哎哟哟，刚刚临别时，丹子姑娘那含情脉脉融冰化雪的场面，都快羡慕死兄弟们了。这次任务归来，科长大人可得请兄弟们喝一盅，平平妒火。"马立涛听章千里称他"马兄"，顿时热度高涨，将科长前的"副"字也去了。接着悄声告知了行动地点和大致任务。

章千里听完，方明白了李可明暗伸三指的意思，是指独立师第三旅旅长秦怀川。白孟礼竟然派他和马立涛等人前往三旅长秦怀川妻子娘家收缴赃物。具体什么赃物，马立涛没讲，他也未问，天亮自然就明白。

　　一心指望图霸益北的白孟礼，一月前突然收到他逃亡到汉口的旧主姚子林密信，其称即将卷土重回益省。听到与大军阀首领武子玉过命之交的姚子林要回益省，他如何不血脉偾张。姚子林曾允诺过会力推他做益北霸主。于是乎，为扩充军需、囤积物资，白孟礼不仅丧心病狂增添苛捐杂税、搜刮民脂民膏，还悄然派三旅长秦怀川亲自率工兵营，化妆成百姓去了秦岭，在那里盗取了大量的皇室古墓。这事除白孟礼、秦怀川，无人知晓。

　　秦怀川与一旅旅长齐汉舒、二旅旅长温邑山间关系融洽，三人每次出征，有什么战利品，都会相互赠送。从秦岭回来的秦怀川与往常一样，给齐汉舒和温邑山各送了两样墓葬珍品。

　　自初夏白孟礼暗示将在高层中提一人做副师长后，巴心进一步的温邑山，决定放弃攀附失势潘长山，一门心思放在了如何在白孟礼面前表现，如何不动声色进秦怀川和齐汉舒的谗言。数日前听安插在秦部的线人报告说秦怀川偷盗墓葬一事。心知对白孟礼素有怨言的秦怀川必然贪下不少，正愁找不到突破口，没想到秦怀川果真拿白孟礼视如性命的珍贵葬品赠他。虽然拿到了整治秦怀川的证据，温邑山却并未立即实施，若是立马出首，秦怀川岂不怀疑，找他拼命？况且据他对白孟礼的了解，提拔一名副师长，绝不会像提拔一名普通军官那么快当，还有可能纯属是个饵，他决定找个恰当的人、恰当的时机再对秦怀川下手，试试白孟礼许诺的真假。

　　前几天线人告知，秦怀川部的工兵营营长韩沅江不知为什么，与秦产生了间隙。温邑山立时觉得应该与墓葬品有关，当晚亲自化妆前往约出韩沅江，一番封官许愿，韩沅江说出了秦怀川贪污墓葬财宝的巨大信息。如获至宝的温邑山回到顺城，仍未立即行动，实在担心扳秦不倒，反惹得秦找他拼命。思来想去，决定待秦怀川执行任务离开顺城再下手。

第二十章

　　终于，机会来了。前天，已与白孟礼联盟的益西军阀钱通天部剑州地界受侵吃紧，电求白孟礼出兵支援。白孟礼便指派了素有悍将之称、能打硬战的秦怀川前往增援。

　　秦怀川前脚走，温邑山后脚就向白孟礼投了准备已久的举报信，信中自称秦怀川妻子娘家人。湖北籍的秦怀川自到成都讲武堂上学后，便留在了益军中，取了益东宕城的女子为妻，妻子娘家便成了他繁衍生息、生根发芽之地。

　　视钱如命的白孟礼见举报信上讲的极为详细，称秦怀川小舅子近两天连续在宕城出售价值连城的古玩珍品。白孟礼知道秦怀川岳父不过一介贫民，家里哪来的稀世珍宝。立刻明白信中提到的古玩珍品为何物。陡然间，恰如被秦怀川挖了祖坟，虽然气得七窍生烟，但知道明火执仗找秦怀川索取，必然不会承认。若是此时将秦怀川解职、下狱，必将影响协助旧主姚子林返益，更会影响到他图霸益北。一番忖前思后，他同意了三姨太"以邻为壑"之法，派人化妆前往秦怀川妻家，力争诓出其所藏宝物。在挑选行动队人选的时候，白孟礼第一时间想到了搞军官资料复查的章千里。有人传言其与秦怀川近期过从较密，正好借机审查下那小子是不是除了与下级军官鼓吹"革命"，给没给上层做"工作"。如有异动，正好将匿名信和执行方案安在那小子头上，来个借刀杀人，一箭双雕。

　　章千里想到了白孟礼突然安排他外勤的原因，却不晓得还有温邑山的连环计在等着他。

　　寒雨虽然住了，乌云仍未散开。

　　贺佳妤听时俊说章千里与数骑蒙面人去了东门，十几岁就去了东洋读书的她只知道东门外是嘉陵江，其他的什么乡、什么县完全不清楚。想着章千里平时穿得不太多，晚间气温寒湿，暗暗替他担心。

　　"先生出发前……白孟礼让人给他拿了件皮袄，冷不到的。"时俊本想强调下那年轻女子给先生送了皮袄，看贺佳妤藏不住的关切之情，忙转了个弯，"时间不早了，我送你回家吧？"

　　"呀，都已十一点了。"贺佳妤看了眼腕表，"这时候回去会吵醒全家。要不你帮我找床被子，沙发上将就一晚算了。"

"这三九寒天，怕是不行的。先生今夜应该不会回来，要不去他阁楼住一晚吧。上面有炉子。"时俊说。

贺佳好望了眼屋角通往阁楼的扶梯，含笑扣扣下颚。

不到十分钟，时俊生好炉子从楼上下来，"可以上去休息了。"

"谢谢你。这时实在没有睡意。要不再聊会儿？"贺佳好浅浅一勾翘唇。

"行啊。"

"你讲独立师第一旅旅长齐汉舒与先生已接触三月之久，口上支持革命，事实上一直游弋在革命的边沿？"

"齐汉舒虽然有些踟蹰，但绝不会让人对先生使坏。先生之前搞革命宣传的事白孟礼比谁都清楚，个人觉得那样的招，用处不大。并且以我们多日来对齐汉舒的观察和了解，他不是那种暗中使坏的小人。倒是那个看似忠厚的侯展武值得警惕。"

两人正说话，黄志远从李可明家回到"歌盛茶社"。

"据朋友讲，他也是刚刚获知，今晚章千里同志极有可能是去九十公里外的宕城秦怀川岳父家。如果没猜错，白孟礼今晚的安排，离间章千里和秦怀川关系的成分大于行动本身。秦怀川若与章千里反目，势必影响到一旅长齐汉舒的决心……"他忽然意识到不能将自己的分析定为事实，让积极开展工作的贺佳好和时俊受到影响。

"黄先生能不能讲讲为章先生送皮袄那女子的情况？"贺佳好轻咬着嘴唇。

黄志远刚刚从李可明那获知白孟礼逼婚的事，想想贺佳好迟早会知道这事，于是老老实实道："她叫丹子，白孟礼的侄女。千里允婚，是为了任务不受影响，逼不得已。"

"难怪那女子在与先生分别时依依不舍……"时俊突见黄志远不停给他打眼色，赶紧加了一句，"先生对她却异常冷漠。"

"如此看来，电料公司很快就有新掌柜来了。"贺佳好明亮的眸子里放出淡淡的忧伤。

"哪会呀，丹子和先生一个科室……"

时俊哪壶不开提哪壶，黄志远连忙打岔："前天我和千里同志商量再开家书店，方便革命工作的开展……"

"原来章先生早为我想好了去处！"

黄志远本想岔开话题，被贺佳好如此一言，两件毫无关联的事成了章千里预先计划好的一般。他张张嘴不知该如何解释的好。

"黄先生，时间不早了，回去休息吧！"贺佳好浅浅一咧嘴，勉强的笑让人心酸。

黄志远与时俊低声交流了几句，走了。时俊陪着贺佳好有一搭没一搭聊儿时，聊学生生活。

夜已深，住街对面的王二与时俊、彩荷分开回到阁楼，一直裹着棉被呆呆倚在窗前，满脑子都是时俊拉着彩荷手跑的画面。那丫头喜欢章千里也就算了，居然愿意让时俊牵着手，而他王二天天去她家帮忙、买好取欢。别说让牵手，连个正眼也不给。越想心情越焦躁烦闷。盯着万籁俱寂街面发呆的王二，面色突然大变。

微光下，一高一矮两个蒙面人在章千里铺子与彩荷家相交的那个过道门前，鬼头鬼脑一番张望。而后高个把风，矮个掏出工具开始扒拉章千里家的过道木门。

"这两毛贼，胆也太大了，居然敢对章千里家下手。"王二暗道。本想要惊走那两贼，心里蓦然冒出个念头来，"岂不看看两贼会偷出什么东西？到时在章千里面前可是一场功劳，感激之下说不定会帮忙促成我和彩荷的好事呢！"

有了想法的王二立时打起十二分精神盯住楼下，只见那两贼三下五除二，几下就扒开门栓进了通道。他连忙从床下拖出根一米左右的铲把子，轻手轻脚下了楼。他几步跑过街道，探头望了望虚掩的通道，不见人影，捏着胆子、小心翼翼钻了进去。

后院正房里的灯还亮着，那一高一矮的两个影子贴在屋侧谨慎观察着院内和屋里的情况。王二感觉两腿肚子不听使唤地颤抖着，实在害怕两贼突然返身。他紧握铲把，膏药般紧贴在通道口的墙上，大气也不敢出。

正在王二紧张的时候，矮个爬上了高个的肩，随后一纵身，伸手抓住阁楼楼裙，一个鲤鱼打挺翻进了那扇半开的窗户。地面那高个连忙取下斜挂在肩上的花包裹，抛向窗口，而后闪身躲到了楼侧。

瞧得一头雾水又胆战心惊的王二，趁机麻着胆子弓身钻到了天井中的花架下。

堂屋里偶尔传出时俊的咳嗽声。

片刻,矮个从窗口翻了出来,高个掐准时间一般,从楼侧闪出,耍杂技一般伸手将跃下的矮子接住,继而两人箭一般射出了过道。

王二越发纳闷,这两人劳神费力不但不偷东西,反而送东西。他突然一拍脑门:"这俩家伙肯定是部队里的小人物,想讨好红得发紫的章千里,又担心被拒,所以才来了这么一出。唉,当官他娘的真好,送礼的人竟如此用心。老子这辈子连送白开水的也没遇见过半个。"想到此,他忽然咧嘴一乐,"那两人这般送礼法,必然是大礼,是能让章千里动心的大礼。章千里肯定不知道,再说他家这么富有,哪会缺一两个礼物,还不如周济下老子这个连婆娘都讨不上的穷鬼。"成天想着天上掉馅饼的王二觉得机会来了。

侧耳细听,堂屋里时俊和贺佳好有一搭没一搭地说话,估计贺佳好是不会回家了,再迟怕是没了机会。王二快速思考着如何趁机上阁楼。左看右看,高有 3 米的阁楼,以他的本事根本上不去。

思来想去也没好法子,他开始哀叹自己命不好,眼睁睁看到的东西也无法得到,忍不住扇了自己一耳光,直起身垂头丧气要离开。

脚下忽然一绊,差点来个饿狗抢食。低头一瞧,不由大喜。脚下一根碗口粗、顺花台倒放的圆木足足 3 米有余。他立刻弯腰试着搂了搂,没费什么力就将圆木扛到楼侧,搭向了阁楼那扇仍旧半开的窗户上,猴子般顺着木头爬了上去。

王二努力适应着阁楼里的暗光线,担心木楼板被踩出声音,小心翼翼脱下布鞋,赤着脚在只有一张床、四把椅子、一张写字台、一架书柜的屋里寻找起来。

很快，他在书柜下方，发现了那高个扔上去的花包裹。他捏了捏，里面只有圆圆一物，"肯定是贵重之物。"他来不及解开细看，学着高个的模样将包裹斜挂在肩上，然后顺圆木溜到地上。为不被发现失窃，他将圆木扛到了屋侧，才贼头贼脑出了过道。

聊得词穷的时俊已经呵欠连天，贺佳好只好上了阁楼卧室休息。

暖融融的阁楼不仅没能让贺佳好感到舒适，还让她特烦躁。这些年追她的、为她提亲的，门槛快踏破了，多得数不过来，却没一个她中意的。好不容易遇上个喜欢的，转眼却成了别人的如意郎君。她轻轻推开窗，让不快的心情与外面奔腾不息的嘉陵江水一起咆哮奔流。

无眠的不止贺佳好，下午下班后徐东风告诉郑雪晴，他与山州负责人陈述达联系上了，郑雪晴高兴得热泪盈眶，连忙转弯抹角、含含蓄蓄问及章千里的时候，徐东风摇摇头。她知道组织纪律，徐东风不是故意隐瞒。数月来终于有了他的消息，无论怎样也是莫大的安慰。他应该在距离山州不远的地方工作，不然徐东风怎么会守口如瓶。回到单身宿舍，她开始查阅益省地图，揣摩着他可能在哪个城市。

时间不知不觉指向凌晨 2 点 30 分，乌云笼罩的天空像被弃的愁苦妇人，再次飙起了泪滴。

　　翻山越岭连续行走了六个多小时的章千里与马立涛等人，早已进入益东地界。距离宕城越来越近的他们，万万想不到正一步步进入温邑山命人设下的伏击圈。

　　温邑山为了不留后患，要将行动队的几人一锅端，而后把这个黑锅扔给能够竞争副师长、半个宕城人的秦怀川。

第二十一章

　　众人转过一形似兽嘴的山坳，立刻看见一排长长闪烁的灯火，倒映在望不见尽头的江水里。

　　"宕江的水域不比咱们嘉陵江的水域窄啊！"章千里自言自语感叹道。

　　"章科长来过？"马立涛吃惊地望着对方。

　　章千里微微一笑，不说来过，也不说没来过，随口吟道："故楚春田废，穷巴瘴雨多。引人乡泪尽，夜夜竹枝歌。"

　　"哎，文化人就是不一样！普普通通一个地名也充满了诗情画意……"

哒哒……哒哒……

马立涛感叹未完，数道亮光齐齐向他们打了过来。土道旁边的林带里瞬间响起密集的枪声，道道带着火焰尾巴、破空呼啸、像蜜蜂炸窝般的子弹密密朝他们飞来。

掏枪准备还击的章千里，腰间突然一紧，与身旁两骑几乎同时坠地。马立涛和余下两人来不及拔枪，已连人带马被绊马索撂翻在地。

"章科长……"马立涛大惊，一个快翻向倒地的章千里滚去。腰部受伤的章千里咬牙还击。

激战中，马立涛腿部中了一弹，四个士兵，两个挂彩，两个当场毙命。数十条火舌越逼越近，身边的两排林木不过碗口粗细，前面则是一片空地，根本无法逃遁，密集的子弹更不允许他们抬头。

正在万分危急的档口，袭击者身后传来了密集的枪声。一分钟不到，穷凶极恶的袭击者退了个无影无踪。

片刻，火把、手电光线成片涌了过来。当先的高头大马上，一个身材魁梧、头戴貂皮帽、身着黑绸长褂的中年汉子将手拢到嘴前，对着章千里他们隐身的林子："对方是马长官吗？别开枪，我是渠闯。土匪已经被我打跑。"

"闯兄，是我。"躲在树后的马立涛高声回应。

"小心有诈。"章千里提醒着两米开外的马立涛。

"他是师座的故人，也是此次行动的主要参与者。"马立涛小声回道。

"宕城旅长渠典廷的部队？"章千里问。

"他是渠典廷的堂弟渠闯，袍哥人家。"马立涛回道。

章千里闻言心里一愣："白孟礼怎么与益东的袍哥人家搞在一起了？"

五十来岁的渠闯听得马立涛回话，忙挥舞着手里的驳壳枪指挥身后的二十来个便装汉子："赶紧去看看马长官伤着哪没。"

一干人来到马立涛与章千里身边，见两人均有负伤。渠闯大叫："小的们，快送马长官回庄里。"

面色苍白的马立涛向坐在两米开外的章千里努努嘴："那位是章长官，赶紧救治。"

见马立涛对章千里很恭敬，渠闯小跑着上前扶起地上的章千里，学着古人的样子微勾着身子："小人渠闯救驾来迟，章长官恕罪！"

"谢渠大当家搭救。麻烦先帮他俩处理下。"章千里向旁边两个挂了彩的随行人员扬扬下巴，而后捂住腰起身向不远处的土路走去。

渠闯紧跟他身后："还有兄弟？"

章千里点点头，心里对这场突袭充满了疑惑。他突然回身："若不是渠大当家的来得及时，你我见面只怕是在灵堂了！"

"原本小人在庄前静候您和马长官大驾光临，突闻'狮子口'有枪声对峙。担心是你们，急忙率人赶来，果见是土匪巴壁虎的人在打劫，连忙指挥人还击。万幸您和马长官无大碍，不然有何颜面再见白师长啊！"

　　章千里检查完土路上的俩中弹士兵，已没了生命迹象，"麻烦渠大当家的好好处理下他们的后事。"

　　"长官放心，一定妥妥的，狗娘养的巴壁虎不知害死多少无辜。只可惜渠某能力有限，不然烧了他山里的狗窝。你们好好找口棺木将两位军爷葬了。"渠闯边骂边吩咐手下。

　　章千里、马立涛和挂了彩的士兵被人用滑竿抬到一座林带茂密、一面临江三面背山、标着"號庄"、气派庞大的四合院前。紧随的黝黑汉子立刻滚鞍下马，握住大门上铜兽口中的环，先扣两次略作停顿，再扣三次，厚重的大门后面才传来一个沉闷的声音："口令。"

　　"加长水。"那人回了句。

　　"江横流。"里面应了声，随即大门上的瞭望孔开了。一个板着脸的络腮胡向外瞟了一眼，快速拉开了沉重的大门。

　　"闯兄的號庄什么时候开始军事化管理了？"躺在担架上的马立涛尽管痛得龇牙咧嘴，仍好奇地问。

　　"这世道，还是学着点正规军队管理的法子好。小心驶得万年船嘛！"渠闯得意地挺了挺胸脯，吩咐刚刚扣门环的黝黑汉子："董豹，你发哪门子呆？还不赶紧叫麻三给长官们处理伤口。"

　　"哦哦。"叫董豹的黝黑汉子躬躬身疾步跑进院里。

　　宽大的院里，七八个身着黑色对襟衫的汉子，准备茶水的，厨房忙碌的，给马儿准备草料的，摆放桌椅的，在客厅大炉子里生火添碳的……，冷戚戚的大院顿时热络起来。

章千里和马立涛被人送到院侧一挂着"静"字门帘的屋里。灯火通明的白屋子约二十平米，生铁大火盆里已窜出彤彤火苗，暖气快速腾了起来。

三七分、四十来岁的庄园医生麻三，手脚麻利地检查着章千里和马立涛的伤口。

马立涛只是腿侧被弹片撕开一道大口子，另两随行人员也伤势不重，唯有章千里腰侧留有弹头。

半小时后，一直静候在医务室的渠闯，让人将取完弹头的章千里送到一间暖融融、清一色花梨木家私的房间。床头柜上已放好一碗腾腾热气的红糖荷包蛋。

"山庄简陋，拿不出什么像样的茶水敬奉长官。"侍立在旁边的渠闯陪着笑，一副下人的模样。

章千里坐进屋里。肩上旧伤，腰上新伤让身体有些疲乏。"渠大当家的辛苦了。天快亮了，休息会儿吧！"

"好好好。章科长千万别叫小人大当家的，委实惶恐。若是不嫌弃，叫我老渠或渠闯最好。"

章千里从对方的神态中揣测到了什么，突然来了句，"你家孩子表现不错的。"

"哎哟哟，原来章大科长知道犬……义子呀？今后还望科长大人多指点、关照……"渠闯忽觉失言连忙改口，"荷包蛋凉了腥，小的先告退。"说完慌慌走了。

章千里突然的测试，证实对方果然有子嗣在师部服役。但不明白渠闯明明已经承认了犬子，为何改口称义子？那个"义子"是谁？

离开屋子的渠闯并未立即离去，在屋外足足站了一分钟，才蹙着眉默默离开。心里对吩咐他做掉来人的温邑山恨得咬牙切齿："恶毒的温邑山简直就他奶奶一条吃人不吐骨头的瘟狼，这不诚心想害我渠闯断子绝孙、家破人亡吗？"

温邑山昨天给白孟礼投送匿名信后，也给宕城的渠闯来了电话。说他的仇人要来宕城执行特殊任务，让他帮忙处理。渠闯当然明白特殊任务指秦怀川贪污墓葬一事，此消息是他提供给温邑山的。

晚上9时左右，温邑山再次来电话告知他领头人身着皮袄，其他人可活，这人必须解决。可白孟礼电话里是让他务必协助来人成功取出秦怀川妻家所藏赃物，没说要伤人。

渠闯不仅是宕城的袍哥，还是益东黑道的二把交椅。几年前为保儿子侯展武的性命，不得不做了温邑山在宕城的军情线人。

渠闯早年家贫，全赖妻家起事。在悍妻接连为他诞下五胎女孩后，一心指望继香火的他悄然在临县丛州养了个姓侯的外室女子。侯氏果然不负厚望，为他生了个儿子。渠闯虽然高兴得手舞足蹈，惧内的他却不敢让儿子与他姓，随了侯氏，取名侯展武。

侯展武在渠闯的着力培养下长大成人，进了益省陆军学校，毕业后入了侯氏同乡温邑山的作战部。从小被宠、爱占人便宜的侯展武进部队不久，为赚外快倒卖情报，导致温邑山一个连差点全军覆没。温邑山欲将其抽筋剥皮，渠闯得到消息，连忙送上价值连城的宝物，侯展武方得保全性命，但再不受温邑山待见。为了儿子的出路，渠闯悄然攀上了不知情的白孟礼。不久后侯展武从温邑山旅部调到独立师参谋部做了名参谋。事情本来已结束，可温邑山要渠闯做他在宕城的军情线人，侯展武今后必须唯他是命，父子俩担心白孟礼知道倒卖军情的事，不敢不从。

在伏击章千里正紧要的时刻，庄客送来侯展武的消息，称领头人既是白孟礼身边的大红人，也是他的准侄女婿。渠闯闻言立即停火，欣喜又仓皇。欣喜儿子可以攀上独立师一位足可以对抗温邑山的人物，仓皇的是章千里若是知晓今晚遭他袭击，儿子在独立师岂不多了个仇人？并且章千里是替白孟礼来宕城取东西的，要是白孟礼知道了他听从温邑山的调遣，爷儿俩岂有活路？渠闯见章千里手下毙命，他突然有了主意。想到了如何应付温邑山的办法。但关于遭伏击的事，章千里只字不提。是不是被他发现了什么破绽？渠闯越想越不对，越想越不踏实，坐立不安了。

侯展武突然给父亲报信章千里的身份，并非自愿，是丹子从电讯科无意中获知他监视章千里的事。深知侯展武身份的她，担心章千里发生意外，强迫侯展武给宕城渠闯去的电话。

吃完夜宵，已经凌晨4点。毫无睡意的章千里，仔细回忆着被伏击的场面和伤他的那枚子弹。子弹应该是出自那个叫董豹庄客腰间的驳壳枪，渠闯为何设伏又撤伏？

他起身来到安静的院里，隔壁房间还亮着灯，马立涛咳嗽声不时传出。他推门走了进去。

马立涛连忙坐起身："章科长没休息？"

"伤痛睡不着。"

"科长对突袭作何想？"

"马兄早已觉察魍魉小计？"章千里反问。

"立涛愚昧，明知蹊跷，却想不出个头绪。"

"渠闯的儿子是谁？"

"是他义子，您认得，就参谋部那个侯展武。"

"义子？"章千里一勾嘴角。

"是啊。"

"你没觉得侯展武的眼睛眉毛鼻子和行走姿势，与渠闯毫无二致？"

"别说，还真是。佩服科长的细致。"

"侯展武在师部和谁走得最近？"

"您的意思今晚咱们遭袭与温邑山有关？"马立涛大惊。

章千里原以为是白孟礼的安排，但总觉得不对，白孟礼真想要他的命，不用费如此周折。听马立涛此言，明白过来，"你与温邑山有血海深仇？"

第二十二章

　　"我和他见面除礼节性的招呼,从不往来,哪来的不共戴天。"马立涛龇着牙轻轻挪了挪伤腿,"此次行动绝密,连我都是行前半小时才得到的通知,他温邑山如何晓得?并且目前我们都不知道具体执行什么任务……啊,难不成他和……"马立涛突然噤声,指指外面,"已经串通?"如此一问,他顿感头皮发麻。

　　"应该是一场虚惊。"章千里微微一笑。

　　"为啥?"

　　"他真想让你我去西天,不会是这情形。"章千里指指他缠满纱布的腿。

"伪善。"

章千里学着马立涛的样子,指指外面:"根据情形和他的反应,应该是掉进了别人布下的套,或者说他逃不开这棘手的安排。"

"章科长,我脑子笨,您能不能说透点?"马立涛急了。

"天亮后自然知晓。对了,得给师座去个电话,讲讲咱们被袭的事。"

"太歹毒了!无冤无仇就害了跟我多年的兄弟性命。兄弟们在战场上舍生忘死为他们杀敌抢地盘,没死在敌人的枪口下,却死在自家长官的黑枪下……"马立涛欲哭无泪,眼睛血红。

"军阀,没几个不草菅人命的。大都用人朝前,不用人滞后,为了他们的个人利益,士兵们血流成河,老百姓流离失所,世界满目疮痍。在他们眼里没有怜悯、愧疚和耻辱,有的只是心安理得、理所当然。"章千里起身在屋子里踱了几步,转身道:"你的个人资料和家庭成员情况漏洞百出,我已经帮忙完善。"

"你,你……白师长不知道吧?"马立涛大惊。他曾卖情报给为白孟礼的死对头,若白知晓还不将他活剥?

"下不为例。"

"谢谢章科长,谢谢章兄!"随后叹道,"哎,谁叫我们投错胎,生在这个世道啊!"

"军人应该为国家、为人民流血流汗,而不是为某一个人的私欲充当炮灰,弄得妻离子散、家破人亡。"

"这世道上哪去找什么为国为民作想的枪杆子哟!"

"怎么没有呢?命运,应该掌握在我们自己的手里……"

　　章千里趁机向马立涛宣传革命道理。一番长谈，一直对革命宣传有抵触的马立涛慢慢不吭声了。两人一直聊到东方发白，马立涛渐渐睡去。靠在椅子上的章千里，思忖着白孟礼知道他们被伏击的事会是什么态度。

　　忽闻后窗一个很轻的声音："二死四伤。洋人天亮就到，行动会不会继续？"

　　"箭已上弦，不得不发……"另一人的声音很低，后面说的什么听不清了。

　　章千里心里一惊："这般人还想干嘛？"抬腕看了下时间，还不到 6 点。冬季的天，近 7 点才亮，他轻轻拉开房门，出了屋子。

　　雨后的清晨，空气虽然格外清新，但寒冷如刀。

　　咳咳……窗外传来鸟鸣，在床上辗转一宿的王二忽然一跃而起。从花布包裹里再次小心谨慎地捧出在章千里阁楼盗回的那只直径约三十公分的纯黄金、精美绝伦的编花盘子，蒙上开亮的窗户，拧亮泛黄的电灯，将盘子看了又看，摸了又摸。虽然他不晓得这盘子叫什么，它的真实价值，至少明白这个纯黄金的东西，卖了可以娶房漂亮的媳妇儿。

　　几个时辰来，王二想了很多。当然，想得最多的是与对门的彩荷结婚那天，请哪些客，有多少桌，婚后做点什么经营，与彩荷生几个娃。越想越开心的他，本想拿当铺去询个价，转念一想不妥，在顺城的铺子里询价，万一被人知道，别说卖钱，估计小命都会被送礼的那两人给收了。

天色已亮，冷静思考后的王二，忙忙乔装打扮一番，决定去东边的宕城。那里不仅是益东，而且中间还隔了个独立区域的丛州。他觉得无论是章千里，还是送礼的人，再怎么有权有势，手也不可能伸到跨县的益东地界。在宕城只要价格合适，他会当即出手，免得横生枝节。

光线强烈起来，奢华的窗玻璃上，那些因寒冷而凝结起的冰霜，在阳光下不停地变换着姿势，恍如曲意逢迎、讨赏的妖娆舞女。

裹着睡袍、陷在卧室沙发上的白孟礼看完卫兵呈上来的举报信，沉吟不语。

"这冷的天，大早啥事呀？"被鸟鸣吵醒，卷在被窝里的三姨太慵懒地挪了下肥臀。

白孟礼连忙起身，"有人举报章千里受了秦怀川的贿赂。"他将手中的纸条递给了三姨太，坐到床沿。

"虽然笔记不同，但十有八九和昨天举报秦怀川的是同一个人。"漂亮性感的三姨太看完举报信，支起春光半漏的酮体。"这个人想一箭双雕，太迫切了！"

"说来听听。"

"秦怀川与章千里处的并不是太友善，堂堂一旅长会主动向一个副科长献媚？再说秦怀川送了章千里什么，只有人家两个自己清楚。外人如何知晓？"三姨太伸手抓过床头柜上的骆驼牌香烟抽出一支，"这个温邑山空长了一身膘。"

"又飘雪了，这鬼天！"白孟礼瞟了眼三姨太半敞的酥胸，边说边钻进了被窝，"没听说温邑山与章千里有过节呀？"

"他这样做无非是在暗示秦怀川拉帮结派，另有意图。"三姨太胭红的嘴里吐出一溜子烟圈，"如真有其事，这次去剑州的秦怀川会同时安排人再去秦岭。"

"秦怀川那条面带忠厚的狗贼。"白孟礼恨恨骂道。

"温邑山想来个一箭多雕的可能性更大。"三姨太一扬眉。

"请夫人指教。"白孟礼讨好地揽住她的肩。

"妾想先听听师座大人的高见。"三姨太嫣然一笑，卖了个关子，随手将还剩下一大截的骆驼牌香烟摁灭在玉质的烟灰缸里。

"小狐狸。"白孟礼在三姨太脸上轻轻拧了把，而后一本正经地说，"温邑山在证明他与秦怀川、章千里站对立面的同时，还暗将那个装着若无其事的齐汉舒带入其间。"

"你如何看齐汉舒这个人？"

"城府深，重哥们义气。对我还算忠心。"

"温邑山呢？"双臂环胸的三姨太问。

"你那招'软绳套虎'之计，不会是想为秦怀川开脱吧？"白孟礼立刻板起脸，"那贼贪污的古器，保守估计也值老子两个旅的装备经费。难道不该将他岳父家产查个底朝天，将他打入地牢，剥皮抽筋？"

"正军纪是必然的，也是应该的。可你别忘了，姚子林督办即将卷土回川，这是你表现的绝好时机。这节骨眼上，你却坚持要派章千里和马立涛前往。"三姨太吐了口气，"温邑山为了上位副师长，不惜连平时交好的朋友、生死兄弟都摒除，是好鸟吗？"

"当时实在气愤。现在马立涛他们怕是……"白孟礼望了眼床侧壁上的挂钟，"怕是已经得手了，你看如何处理的好？"眼巴巴望着三姨太。

"你不是让行动队员以土匪的形象去的吗？"三姨太睨着眼。

"我是指，在剑州的秦怀川最迟明天就知道他岳父家发生的事。若是要求调兵宕城为他护家缉拿盗贼咋办？"白孟礼急了。

"这叫不打自招，他敢吗？"三姨太冷冷一撇嘴，而后正色道，"对付秦怀川很简单，倒是你那个准女婿不得不防啊。"

"我就纳闷了，既然防他，你干嘛一个劲让我将丹子许他？仅仅是为盯他的梢？他搞革命的事，我都清楚。年轻人喜欢摆谱，特别是国外回来的，学了个什么新思想，回家洋盘几天可以理解。据下面的人报告，现在搭理他们的人已没几个了，用人之际，没必要小题大做的。"白孟礼说。

"共产党目前的政治影响的确不大，也没什么强大势力。但你别忘了，现在共产党和穗城政府合作的，且大有燎原之势。其他地方的情况咋样，咱管不了，也没操心的必要。对章千里，我们应该做到未焚徙薪的准备。不尽早制约，怕是后患无穷。"三姨太再次点燃一支"骆驼牌"吸了起来。

"章千里那小子比猴精，丹子怕是难获信任的。"白孟礼说。

"这个我早想好了……对了，昨晚袭击章千里他们的，绝非土匪所为。"三姨太吐出长长一串烟圈。

"是啊！"

"敢在宕城黑道大哥渠闯地盘上设伏的，只有其堂兄宕城旅长渠典廷和号称'益东第一虎'的土匪巴壁虎。不过，就算渠典廷与渠闯有隙，看你三分薄面上，也断不会与其冲突。那隔着五六十里地的巴壁虎，更没道理到渠闯的地盘上打劫，况且还隔着千余米宽的宕江。"三姨太说。

"我也在想，此次行动局促且绝密，远在外地的秦怀川断无知晓之理。除了温邑山想借刀杀人，齐汉舒的嫌疑也不可排除。"白孟礼揉着太阳穴。

"齐汉舒如何知晓？除非有人暗通消息。"

"这事除了章千里、马立涛等六人，唯有传令的李可明了……"

"叮铃铃……"

床头电话骤然响起，白孟礼慢条斯理抓起话筒。

"师座早，我是千里，这么早打搅，请师座宽涵。"

"哟，千里呀，这么早什么事？"白孟礼故作糊涂。章千里汇报了到宕城就遭阻击、牺牲了两名特工及他和马立涛负伤的事。

"敢伤本座的人，就算他躲到地狱，本座也得将他揪出……"白孟礼说完对章千里一番安抚。

"叮铃铃……"

白孟礼刚放下话筒，铃声再次响起，他与三姨太交换了下眼色，取过话筒。

"白师长吗？"话筒里传来一个瓮声瓮气的声音。

"讲。"

"小人有重大案情向您汇报……"对方压低声音，也不管白孟礼愿不愿听，叽里咕噜讲了一通。

"属实？"白孟礼面色铁青，极力控制住因愤怒而发抖的手，厉声问。

"就算给小人一千条狗命、一万个胆子，也断不敢在您的面前戏谑找死。"

"找死！"白孟礼震怒地撂下话筒，摁响了李可明的电铃。

第二十三章

　　太阳努力放出刺目的光线，空气仍割人的冷。

　　年关本该闹热的红钱街，只有路边数个双手拢袖摆小摊、蹲菜篮子边、缩着脖子卖年货和几个搓着手办年货的人，那些平日闲逛的，鲜有踪影。街道两边的铺子，因少有的冷空气，关门的多，开门的少。处在黄金口岸的"顺通电料公司"也无开门经营的迹象。

　　时俊与贺佳好望着阁楼窗台上那两个大小不一的鞋印和楼板上明显的光脚印，分析着它们的来源。

　　凝视着窗外缓缓流淌的嘉陵江水，和那缀挂枝头、铺满江畔如棉球般的寒霜。贺佳好紧蹙的眉头跳了一下，"这些脚印应该都是我未上楼前留下的。"

"你的意思，昨晚阁楼里来过两拨人？"时俊惊问。

"这脚印一大一小，且同是右脚，不是两拨人，如何解释？"贺佳妤蹲下身，仔细端详着窗台下和地板上的光脚印，像是对时俊说，又像在自言自语。

"你确定昨晚没睡过头？"时俊问。

"我昨晚连眼皮都没合下，就算进来只蚊子也知道肥瘦。"贺佳妤道。

"这么高，他们怎么上来呀！"时俊探头扫向空荡荡的天井。

"你再瞧瞧楼侧那根竖立的原木就明白了。"贺佳妤朝窗侧扬扬下巴。

昨晚临睡前，时俊在检查门窗时，发现过道门未闩，以为忘了，没放在心上。在闩好门回阁楼时，见了那根突兀竖立在阁楼旁边的圆木。当时百思不得解，此时贺佳妤提及方才恍然。

"你确定章先生屋里没丢东西？"贺佳妤审视着家私简单的房间。

"近月来，楼上楼下我天天负责打理，家具并不复杂，丢没丢东西一眼就能看清。"时俊说。

嘭嘭嘭……

两人正说话，前屋传来猛烈的敲门声。

"还说没生意呢。赶紧开门去。"贺佳妤抬腕瞥了一眼腕表，已经快9点了。

嘭嘭嘭……

过道门再次急促响起。

"来了来了。"时俊手脚麻利地扒开通道门闩。

"突击检查。"副官李可明向时俊亮了下盖着鲜章的搜查令。跟在后面、已任宪兵队小队长的侯展武向身后一挥手，五个全副武装的士兵立刻涌入。两个守在过道口，三个冲进后院堂屋，直奔阁楼楼梯。

"你们这是？"正下楼的贺佳好，困惑地望着欲急急上楼的三个士兵。

"奉命检查。姑娘昨夜未归？"侯展武对留宿章千里阁楼的贺佳好大感意外。

"章先生是我亲戚。住这里有什么不妥吗？"堵在楼梯口的贺佳好一动不动，自然大方。

"麻烦配合下。"侯展武道。

贺佳好想了想，楼上除了两本进步书籍，没什么违禁品，转身领着侯展武与两个士兵上了楼。

李可明指着隔屋对门口站岗的士兵，"里屋也查查。"

"是。"士兵快速进了里屋。

李可明连忙在时俊耳边一番低语，而后打了个噤声的手势进了隔屋。

时俊听李可明说章千里在宕城负伤，想离开又担心暴露李可明。走不是，留也不是。

几分钟后，侯展武手里拿着《战争、帝国、爱与革命》《对镜子的恐惧》，和两个士兵下了楼。

出现在楼梯口的贺佳好见时俊悄悄向她交叉架起两个食指，这是十万火急的意思，立刻快步下楼向他走来。

正在这时，丹子出现在门口，嗤笑地瞪视着侯展武，"哟，侯队长，你们这是？"

"奉师座口谕，突击抽查。"吃过丹子亏的侯展武边回答边将手里的两本书背到身后。

"侯队长什么时候开始喜欢上进步书籍了？"丹子一脸嘲讽。

"是……是章副科长的……"侯展武不知如何解释的好。

"侯队长，觉得私自夹带未经主人允诺的物品，算盗还是算偷，还是算抢呢？"丹子伸出手。

"师座说任何扰乱社会安定的书刊，皆为没收对象。"侯展武挺了挺腰板。

"光天化日，明火执仗掠夺别人物品，还给我大谈安宁。拿来。"丹子沉着脸，伸出手。

"恕难从命。我们走。"侯展武向李可明和三个士兵一扬头。

"有些人总是给脸不要。"丹子突然从腰里拔出枪，"我是它们的半个主人，有维护的权力。"

"这可是师座……"

"我只数三个数……一……"丹子打开扳机。

李可明趁丹子和侯展武争执，快速递给时俊一张纸条。

"二……"丹子微眯起眼，眼底射出母虎扑杀猎物前的冷光，手中的"勃朗宁"直直顶在了侯展武的额上。

"师座那，你，你自个去交代。"侯展武悻悻将两本书交给丹子，与李可明率兵而去。

丹子将书还给时俊，审视着贺佳好，"这位就是贺佳好大小姐吧？丹子，章千里的女友，不，未婚妻。"说完傲然向贺佳好伸出手。

"你好。"贺佳好大方地与对方握了握，"章先生昨晚一宿未回，与今儿的突击搜查有必然联系吗？"

"我还想问你们呢，是不是又在借千里的名义大肆进行革命宣传？"

"你自称是书的半个主人，为何对主人负伤毫不关心？"贺佳好笑问。

"章千里受伤了？谁讲的？"丹子漂亮的眼睛立刻瞪得溜圆。

时俊将李可明给他的那张纸条递给丹子，"我得立刻前往宕城。"

"谁给你的？"丹子声音发颤。

"在为侯展武他们开门的时候，门下发现的。"

"还愣着干嘛，赶紧随我去师部挑匹健马。"丹子近乎咆哮。

"他不会骑马。什么事？"黄志远出现在门口。

"刚刚捡到一张章先生在宕城负伤的纸条，也不知真假。"贺佳好说。

"不管真假，应该前往瞧瞧。"黄志远道。

"咋办啊，我也不善骑术。"丹子搓着手，"这位先生善骑否？"

"我还有事等着办啊！"黄志远故意为难的样子。

"麻烦先生帮忙前往瞧瞧。这点盘缠先拿着。不够，我马上去财务部借。"丹子从兜里掏出几个银圆央求黄志远。

"不用不用。小俊，厨房有饼子啥的吗？"黄志远冲发愣的时俊道。

"有的，有的。"

一分钟后，黄志远带着干粮随丹子向师部的马厩跑去。

早早守在"歌盛茶社"斜对面早餐馆里候消息的"天猴"见侯展武、李可明空手而归，心里大惊，"昨晚明明将那个花布包裹放在书柜里的，怎么没见他们搜出？"正在惊疑，忽见丹子领着身负行囊的黄志远急急离去，连忙起身奔向一里外的"果山公园"奎星楼。

公园里很清静，只有几个专心舞拳弄腿的老人。"天猴"急忙推开那扇高约一米五的木窗，翻了进去。来到二楼屋角那堆三四十公分高的稻草前，伸手拍拍草堆上耸起的厚棉被。"獾子，大事不好。"

"咋啦？"睡眼惺忪的地獾猛然从草窝里弹起。

天猴将侯展武、李可明空手而归，黄志远背着包裹随丹子去了独立师师部的事讲了一遍。

"赶紧向温旅长报告呀！"

"这样，那姓黄的八成是去东边，你即刻到东门等候，我去趟温旅长家。"天猴说完急急跳出窗子向南边的温邑山家奔去。

丹子从独立师马厩牵出一匹黄膘健马交到黄志远手中："只恨我不会骑术，今儿实在辛苦黄先生了。也不知道千里他……"她擦了擦眼角。

"别担心，千里命大福大，不会有事的。"黄志远安慰道。

"到了给我来个电话。"

"好的。"

"等等，这个带上。"丹子将勃朗宁递给跃上马背的黄志远。

"宕城一向太平，不用的。谢谢！"黄志远感激地抱抱拳。

"千里都出事了，还太平。拿上，赶紧出发。过丛州地界的时候担心点。"

黄志远想想也对，虽然丛州军阀何又川与白孟礼达成河水不犯井水的协议，不代表他会关照顺城所有百姓。于是，他接过丹子手中的勃朗宁道了声谢，一提缰绳"踏踏"向东而去。黄志远万万想不到，丹子好心给他的那只勃朗宁会让他身陷囹圄。

温邑山听完"天猴"的汇报，由震怒变为沉默，而后淡淡地问："东西确认放到他家书柜了？"

"小，小人万不敢将旅座的事当儿戏。"天猴勾着腰，两腿在微微战栗。

"不要紧，这事很快就会清楚。你与地獾去跟好那个姓黄的，若是跟丢，别再来见我。"温邑山说完向隔屋喊了声，"黑猫。"

"主人！"一个长相粗陋而彪悍的壮年汉子随声而至。

"给他挑两匹脚力好的畜生。"

"是。"

白孟礼见侯展武和李可明空手而归，之前的盛怒，泄了一半。可想到一个个心怀二意的手下，烦躁不已。"都是那暗中调拨离间的温邑山搞的。不给点颜色，这些个家伙还不乱套了。"

心情烦躁、坐立不安的莫过于宕城的渠闯，再次与儿子侯展武通完电话的他，喜忧参半。喜的是侯展武当上宪兵小队长说明受到白孟礼的重用，忧的是侯展武口上答应不与章千里为敌，但子言片语中充满嫉妒和敌对情绪。"初生牛犊不怕虎。"他越想越担心，决定和章千里好好拉拉关系。

这时，一个庄丁快步来到院里，"报告大当家，姓章的长官早点后就去了后山，到现在还没回来。"

"蠢货，怎么不早点报告？"

"伤痛在身睡不去，擅自去了渠大当家的后山，还望宽涵。"章千里出现在门边，冲训斥手下的渠闯微微一笑。

渠闯见章千里面色无异，立即堆出笑："手下人不懂事，让长官独自上山，万一遭遇野兽什么的，渠闯难辞其咎。请章长官移步前厅品茗。"

近百平米的跨梁客厅端庄大气、古香古色。白色生漆跑面的青砖墙，雕梁画栋、怀抱粗的朱红生漆檩子、柱子，镜面一般光亮；屋子三方，金红绫罗点缀的宽大雕花木窗下，三米高、做工考究的朱色古玩架，每一栏都恰到好处置放了大小相应的古玩器皿，屋正中两把兽皮圈椅陪衬着打横红木条桌，条桌上的花鸟图栩栩如生，雕工细腻，天下少有；左右四把铺着兽皮的红木圈椅顺厅延放；铁犁木地板泛着贼光。整个客厅给人豪奢又宛如个小博物馆的味道。

渠闯将章千里让到主宾席，忽然来了个九十度的大礼："小人不敬之处还望章长官高抬贵手。"

第二十四章

　　"若不是渠大掌柜深夜救援及时，只怕我与马长官和两士兵也命丧你的'狮子嘴'了，何来不敬？"章千里脸上仍保持着微笑。

　　渠闯大惊，"这人必然瞧出了什么端倪，是不是藏在后山仓库的三名受伤庄客已被其发现？"

　　章千里不动声色观察着额上开始浸汗的渠闯，这时两个庄客将马立涛也送来客厅。

　　"闯兄啊，咱们现在这副模样，怕是难以完成上峰的使命了。对了，此次的具体任务立涛与章科长尚不清楚，能不能作个介绍？"马立涛屁股落座就直奔主题。

　　章千里原以为此次任务由马立涛主导，没料到白孟礼竟真让一个江湖袍哥人家左右，颇感意外。

　　渠闯听马立涛如是说，表情复杂而又貌似无奈地点点头，"回二位长官，渠闯已按贵上峰之意安排妥帖。"继而强调，"这次渠某可是押了身家性命的哟……"

　　马立涛偷瞄了眼喝茶的章千里，"咱们掌柜安排的事，从不拖泥带水。按时间算，闯兄应该已收到了佳音。"

　　"是的是的，渠闯感激不尽，感激不尽。"渠闯如感恩的市井小民一般，一个劲儿作揖。

　　"二位谈，章某回避下。"章千里见两人谈话像打哑谜，不由脸色一寒。

　　渠闯见状，快速瞄了眼马立涛，屏退左右，再次恭恭敬敬向章千里和马立涛一抱拳："渠闯先给两位长官赔个罪，由于事发突然，事关重大，某不得不谨慎……"接着详细讲了秦怀川小舅子在宕城出售价值连城古器时引起的轰动，并含蓄表达了不得不上报的苦衷。

　　听完渠闯的讲诉，章千里沉吟起来。秦怀川私吞宝物的事，他早有所耳闻，贪财是不少人的私欲，若说忠于北洋军阀、忠于白孟礼的秦怀川有叛逃穗城之嫌，以他近两月对秦怀川的了解觉得几无可能。不然秦怀川不会刻意与他保持着距离。一心想当"益北王"的白孟礼，这次任务刻意给他安了个"总指挥"头衔，无疑是离间他与秦怀川的关系。想到此，他心里一乐。

　　马立涛见章千里沉默不语，自言自语起来，"师座如此处理，实属情非得已。不从严治军，如何服众，如何固守，如何壮大！"

"贪污军饷是大罪。不管他是谁，我们都应为师部、为师座，肃清不良之风。"章千里说。

马立涛捏着下巴，沉思了片刻，"听闻秦怀川家即将修建大宅，急需大量现金。他的小舅子明儿会来此交易。可有此事？"

"有的。"眉头紧锁的渠闯点点头。

"闯兄别担心，师座叮嘱过，就算牺牲我们的性命，也绝不能泄漏你的身份。"

"如此看来，我们岂不是要扮一回古董商？"章千里望着马立涛。

"章科长，果然不凡。"马立涛竖起拇指。

"我可没半点古玩知识。"章千里道。

"二位不用操心，我已经安排好人选。"闯兄接过话头。

任务已全然清楚，章千里轻松愉快起来。

温邑山听安插在白孟礼身边的眼线汇报，师座发怒，可能会与他有关。正在恐慌，天猴到来，报说章千里的同学黄志远跃马向东。那双鹰眼转了几圈，很快想到了开脱罪责的主意。

中午时分，黄志远催马到了丛州地界，老远瞧见卡子上排长队等候检查过卡的老百姓。

黄志远忽然记起没带任何证件，不觉摸了摸兜里的银圆，便信心十足排在了队伍的后面。就在此时，前面一阵骚动，七八个士兵轮番对一小个子汉子施以拳脚。牵着马的黄志远连忙挤上前。

"各位军爷，这人怎么回事？"

"少管闲事，给老子站开，滚远点。"身着少尉军衔的黑皮肤男子朝黄志远挥挥手，转身恶狠狠举起手中的狼牙棒冲地上满脸血污的小个男子吼道："土贼，再不说赃物来源，即刻送你去姥姥家。"

"黄先生救命。"小个男子一眼瞥见黄志远，连忙大叫，"我是王二，章科长家对面的王二。"

黄志远仔细一瞧，果是王二，忙问："咋回事呀？"

"我，我……"王二目光躲闪，欲说还休。

"原来这土贼还有同党。兄弟们，给我拿下。"少尉向士兵们一挥手，七八个士兵立刻冲黄志远举起枪。

黄志远用余光扫了眼周围，四周站满了围观百姓，黄骠马也被两个士兵攥住辔头，如反抗必将连累无辜百姓，只好打消念头。

"他腰里有枪。"搜身的士兵惊叫。

黄志远这才记起丹子送他的勃朗宁，想反抗，身上、头上已抵满黑洞洞的枪口。

躲在人群中暗暗观察的"天猴地獾"见黄志远和王二被丛州哨卡逮捕，当即喜滋滋跑向身后不远的顺城哨卡。

温邑山听天猴在哨卡上成功"逮住了"黄志远，同时"抓获"盗走"蟠桃会"金盘的贼人。高兴坏了，这下不由白孟礼不对章千里动手了。当即电令侯展武亲往押解。

天，黑了又亮，东边才露微光，与宕城隔条江、三面环山的"號庄"虎头大门前就迎来了两位早客。

"號庄"与渠闯的大宅隔着一个小山嘴，是专供渠闯召集宕城袍哥和发号施令的地方。

身着蓝布对襟衫、肩上斜挂着个鼓鼓囊囊布包的中年男子，显得局促不安；他身旁那个十五六岁、1米7左右，身穿半新灰色棉袄的男孩，看不出是紧张还是高兴，一刻不停地左顾右盼。

中年男子叫杜元青，秦怀川的小舅子；男孩叫秦庭春，秦怀川的独子。

"舅，今儿为啥不到咱们宕城的大当铺，找这来了？"秦庭春盯着紧闭的虎头大门轻声问。

"听你爹说过一嘴。古玩这东西，不值钱则已，值钱的，别说宕城的大当铺，只怕顺城的大当铺突然间也拿不出那么多的现金。"杜元青得意地撇撇嘴。

"你的意思我们的宝物值很多银圆？"秦庭春狐疑地瞥瞥舅舅身上的包裹，又望望眼前这个大宅，"这个'號庄'能付得出啊？"

"你娃娃可别小瞧了这'號庄'，外表不太起眼的它，只要愿意，什么时候都能买光半个宕城。"杜元青煞有见识地说。

"哎哟，那多有钱呀！"秦庭春张大了嘴，"舅，一会那些人要问我们的东西哪来的，咋回答？"他那双黑白分明的大眼睛滴溜溜转。

"咱家祖传的呗！"杜元青正儿八百的样子，"再说，你爹的官职可是与咱宕城的渠旅长一般大。这伙人不是不知道，且敢多问。"他担心秦庭春害怕，打气道。

秦庭春听了，微驼的腰杆儿立刻打得笔直，再一次望了望舅舅身上的包裹，"这三件黑不溜秋的小东西，真能修座大宅？"

"放心，修两座都不成问题。"杜元青挺直脊梁、背着手度了两步，成竹在胸的样子。

"你咋知道？"秦庭春问。

"一个小娃娃哪有那么多的问题？等会就晓得了。"杜元青不耐烦地挥挥手。

山边，红艳欲滴的朝阳喷薄而出，为万物悄然换上了红装。

吃罢早饭，章千里贴上假胡子，换上了渠闯为他准备的缎面长袍、马褂和狐皮帽；腿伤的马立涛也身着长袍；两个负了轻伤的队员化妆成庄丁的模样；渠闯仍是昨晚那身狼皮大衣、狼皮帽。

章千里向马立涛递了个眼色。马立涛立刻会意，"时间已经不早了，闯兄还有别的安排？"

"二位稍等，一个重要朋友即刻就到。"渠闯神秘一笑。

几分钟后，庄客领着个不知渠闯从哪儿找来的西装革履、戴金丝眼镜、黄头发的中年洋人。

"向二位长官介绍一下，美国华盛顿的史密斯，古玩鉴赏家、收藏大亨，也是今儿的大买家。"渠闯煞有介事的样子。之前他并未告知任何人关于国外收藏大亨的事。

马立涛听说美国来的古玩大亨，立时讨好地与之攀谈起来。

章千里悄然留意着屋里每个人的表情，他发现渠闯在请史密斯入座的时候，只对其一扬下巴。这个小小的、不经意的举动引起章千里的注意。在与渠闯目光对视的那一瞬，章千里意味深长地笑了笑。

渠闯见状，略略沉思了下，与史密斯寒暄了两句，留下行动不便的马立涛陪聊，称与章千里到院里催催绑滑竿的轿夫。

"往后，乞望章长官多关照、提携。"一到院里，渠闯就打躬作揖，言语谦恭，一语多关地试探着对方。

章千里淡淡一笑，"渠掌柜深谋远虑，未雨绸缪，令人佩服。"

渠闯见对方瞧破他的花花肠子，心里暗惊，忙附耳哀求，"渠某不过一介布衣，鸡蛋且敢碰石头，情非得已，望长官赎罪、包容！"

"我什么也不知道。"章千里嘴角淡淡一勾。如何不明白渠闯请个洋人冒充大亨的目的。既想为白孟礼做事，又害怕秦怀川不倒，还怕温邑山不满找麻烦。

"长官恩重如山，渠某铭刻于心。他日若有差遣，当尽犬马之劳。"渠闯说完长长一揖。

章千里已经明白渠闯请洋人的目的，不愿与之再纠缠，指指大门道："渠掌柜院外的风景一定惊艳，某去赏赏。"说完自顾向院门度去。

第二十五章

　　渠闯故意请个外国人冒充古玩大亨，章千里只猜中一半。
这个江湖袍哥听儿子侯展武讲姚子林即将重返益地时，就有了小
九九。本家渠典廷与白孟礼表面相安无事，保不齐这些为地盘说
翻脸就翻脸的军阀哪天就反目大战。秦怀川必定是顺城堂堂旅长，
与驻守宕城的渠典廷一个级别。白孟礼不是傻子，绝不会在这个
关键时候拿下力镇益北边界的得力干将，顶多不过是对其提醒、
威慑。有句话叫风水轮流转，保不齐秦怀川哪天就当了宕城、甚
至益东大哥也不是没可能。真那样，到那时候找他渠闯来个秋后
算账，还不是像捏死一只蚂蚁。

于是，一番前思后想，权衡利弊，他让人找来了在山州混日子的洋人史密斯冒充古董收藏大家。他则以牵线搭桥的身份出现，到时候，无论对白孟礼，还是面对秦怀川、温邑山都好交待。约章千里到院里，本想聊聊儿子侯展武的事，见对方不是太愿意与他接触，只好作罢。

太阳的光线越来越强烈，夜间冻得不吱声的雀鸟开始扑腾起来。

距离宕城约十公里的杜家村，三面环山，一面环水。村外数九寒冬，村里春色满园。浓郁绽放的腊梅，翠绿欲滴的瓷竹，黄白相间的忍冬花，娇艳满山的仙客来和着紫色的风信子，将季节变了模样。

茂密的树林里，十来个骑着马的杂色装汉子，脸上涂满迷彩，背后或插着鬼头刀，或挂着步枪，或腰间别着歪把子。一个壮实的领头人模样的汉子，将十人分为两组，而后左右一指，两组队员立刻一扣马肚，分别向远处隔着个小山丘处的两座青瓦宅子冲去。

两座漂亮的青瓦白墙宅子，南边是齐汉舒岳父家，北边是秦怀川岳父家。

齐汉舒是湖南人，秦怀川是湖北人。当年两人同为成都陆军讲武堂学生，后投到曾参加黄兴领导的穗城起义、益军第五师师长兼山州镇守使潘长山帐下。两人当上连长后，经人介绍分别娶了宕城杜家庄、同宗、同院子的杜姓女子为妻，成了连襟，自此两人的关系更上一层，情同手足。他们当上营长后，潘长山早已是摄益省军政的实际统治者——益省靖国军总司令。

益军部队调整时，齐汉舒和秦怀川同时被调到了独立团白孟礼的帐下。两年后，白孟礼升任旅长，将两人提拔为团长。

名利双收，日子惬意，长期生活、征战在益省的齐汉舒和秦怀川将妻子娘家当成了自个家，打算扎根于此，生生不息。

两人的岳父均为老迷信、老封建，时常找人给各自的女婿推官算卦，期望女婿步步高升、光耀门庭。

算命先生，大凡都是察色观颜、见风使舵、卖嘴皮子的江湖骗子。宕城那伙子算命先生，早已掌握齐汉舒和秦怀川两人的身份信息，只等鱼儿来咬钩。一个个又故作不知，蹙眉苦脸、摇头晃脑、掐指推官，人人俨然半仙之体，明辨未来。都能推算出秦、齐二人有提缰纵马、驰骋天下、拜将入相之高贵荣华命。

更有心机深重的算命先生说秦、齐二人命理相斥，不能并院而居，再三强调一山不能容二虎，建议两人分院而栖。为下一拨赚军官们的银子而埋下了伏笔。

早在秦怀川、齐汉舒任营长时，两人就嫌共用的大院里待人接物不便，有了另建私宅的想法。但碍于之前承诺的同进退，共患难，发迹不忘本，发财不分院的诺言，所以谁也不愿先捅破那层窗户纸。当上团长后，听几个"大师"轮番建议，正中下怀，借敬孝老人之名，让岳父们"自行安排"修建。于是，两家人开了个"合议会"。最后达成，在隔个小山嘴的南北方向，各起新居。

湖南籍的齐汉舒去南边重建房舍，湖北籍的秦怀川去北边另起炉灶。

新宅建成不久，齐汉舒、秦怀川相继被提拔为旅长。之前帮忙看宅基、自称"铁算盘"的算命先生自然得到了厚报。

数天前，一个"铁算盘"来到秦怀川家。说是子夜时分，他突然心血来潮，夜不能寐，经沐浴更衣、焚香扑卦，方知心绪不宁与秦怀川有关，故特来相告。

秦怀川岳父惊问其故，"铁算盘"说根据梦象，秦怀川很快会成为一方霸主，不过需要提供秦怀川这些年来的社交情况和身体状况，算算是否有相克之人。岳父与秦怀川妻子一听，岂敢怠慢？忙将"铁算盘"想要了解的知无不言，言无不尽。甚至连秦怀川战场上留下的伤疤，也一道不留地坦诚相告。

"铁算盘"听后，愈加严肃起来。"神秘"告诉其岳父说，秦怀川人脉上会风调雨顺，身上的疤痕却吉凶参半，谎称天机不可泄露，否则折寿，不肯明言。在其岳父的一再恳求下，"铁算盘"才蹙眉掐指，道出哪道伤疤代表富贵，哪道代表昌隆，哪道代表福荫家人，哪道代表长命百岁，哪道代表破败不洁。

推算中的"铁算盘"突然一声冒叫，仰天挤眉弄眼一番。旋即低声告诉其岳父，说秦怀川自从西北方归来就佛光临门，青气加身，显达门庭，不仅能独霸一方，会封侯，以后子嗣封王拜相大有可能。老人家一听，高兴得只差没匍匐磕头。

"铁算盘"见状，话锋一转，说秦怀川虽骨骼清奇、鸿运绵延，但现在的居所已属鱼大潭小。秦怀川岳父忙问破解之法，"铁算盘"

沉吟良久，说只能再建房舍、扩展庭院。

秦怀川妻子及岳父一听，锁起了眉头，重建大宅可不是一笔小数目呀。一旁听闲的秦怀川小舅子杜元青却笑问何时可以动土，"铁算盘"又是一番南坤北坎掐算一番，然后说本年大利秦怀川，但腊月十五之前必须破土方为大吉，否则得再过一纪（12年）才有时机。

小舅子杜元青闻言，急忙将姐姐和父亲拉进里屋。几分钟后，父子仨喜笑颜开同意了"铁算盘"定的时间。

待"铁算盘"前脚走，杜元青后脚就从姐夫秦怀川藏在地窖里的古玩堆中，捡了个瓷罐罐去了宕城最大的当铺。

当铺老板二话没说，就给了他十头牛的价钱。意料之外的惊喜让杜元青高兴得浑身打战，想着要是把地窖里那堆乱七八糟的瓶瓶罐罐都卖了，岂不是可以修他三两座大型四合院？自己不也有了院落？

杜元青回家将当铺老板的态度与父亲和姐姐一讲，姐姐高兴，父亲眉头却拧了起来。老人觉得但凡当铺老板都是那种吃肉不吐骨头的主，今儿付钱那么干脆，说明那瓷罐罐绝非那十头牛的价。于是，让杜元青再拿了个类似的罐子去找远亲、宕城古玩行家马之益。

受渠闯指使的"铁算盘"，在完成任务后第一时间向其作了汇报。渠闯便在宕城的古玩行、当铺打了招呼安好眼线。马之益便是渠闯手下的马仔之一。他将杜元青欲出手唐代钧瓷、汉代玉樽的事报告给了渠闯。渠闯立刻想了个一箭多雕的办法。然后将秦怀川小舅子近两天急需出手大量古器的消息，分别送给了温邑山和白孟礼。

盛怒的白孟礼当时想独派铁忠于他的马立涛前往处理，却又担心马立涛在巨大利益面前成了第二个秦怀川，便想到了章千里。章千里与马立涛不熟，自然不会达成贪污联盟，同时借用此事让章千里与秦怀川产生隔阂再好不过，彻底杜绝其再在军官们面前鼓吹什么"革命"思想。

日上三竿，苦苦在虢庄门前等了个把时辰的杜元青，终于见渠闯和几个乘滑竿的到来。连忙上前打躬作揖献殷勤，"闯爷早，小的是秦怀川妻弟杜元青，这位是他家公子。"他指指身旁的秦庭春，"还望……"

"庄里说。"滑竿上的渠闯淡漠地抬抬手。

虢庄整个庄子由大原木架构。呈"S"型、三米宽的通道长有百余米，左右两边，每隔五米就有一个膀大腰圆、长相粗陋的汉子背手而立。

大厅正中一把巨型、铺着虎皮的原木椅子，左右各十二把大木椅上铺着熊皮；当中一张长约七八米的原木条桌；壁前的器械上插满了寒光眩目的刀枪。整个山庄粗犷而充满戾气，让人不寒而栗。

"史密斯先生请！"渠闯点头哈腰将洋人、章千里让到了左边的熊皮大椅前，再让庄丁将马立涛抬到一张宽大的木椅上，放在正中的虎皮大椅上坐下，一双精光向杜元青和秦庭春投去，"两位请坐，怎么称呼？"

"回闯爷，小人杜元青，外甥秦庭春。"杜元青恭恭敬敬地重新介绍道。

"哦，小兄弟此来何事？"渠闯故作糊涂。

"前天小人托表叔马之益约请大当家……"杜元青回头四望，没见到为他搭桥牵线的马之益，不禁有些慌乱。

"哦，记起了，马之益说秦怀川旅长的家人今儿有宗大交易，是吗？"渠闯恍然的样子。

"是是是。"杜元青点头如捣蒜。

"昨晚马之益说临时有事去趟外地，以为他通知你改期了呢！不过杜兄弟不用急，马之益临行前讲过，最迟大年三十就能归来。几天时间转眼就到，到时再谈。"渠闯说完捧起茶杯，要送客。

第二十六章

"闯爷，能不能借一步说话？"杜元青急了，"铁算盘"说的腊月十五动土。动土的时候，家里必须得储备五千银锭（中国1934年废除使用银两，改为银圆）。五千谐音"五迁"，意为连升五级的意思。眼下距离腊月十五只剩两天时间，若等马之益回来，且不耽误了良辰吉日？关键是这一错期，就得再等十二年啊！

章千里默默观察着事态的变化，秦怀川的儿子不过就十五六岁，是个还不太省事的娃娃，杜元青与他之前预想的机灵劲差了不少，不由暗叹，"白孟礼欲将秦怀川打入囚牢之前，不声不响将他章千里也冠上了同恶相济的罪名！秦怀川真要是被白孟礼免了职、下了狱，孤军的齐汉舒必定放弃对革命刚刚燃起的激情，而顽固不化、一心上位副师长、排斥革命的温邑山短时间实在难以攻克。这样一来，他与陈述达同志共同执行的'金开计划'岂不成了明日黄花！"

此时同时，山州的陈述达与徐东风漫步在奔腾的长江边。

"郑雪晴同志一再追问章千里的工作地点，顾特来向您请示。"

"她也是共产党员，应该知道组织纪律的。"

"她认为与千里同志是经历过生死的战友，也是恋人，有权知道对方的工作地址。"

"问题是现在千里同志已经成了白孟礼的准女婿。'金开计划'已进入紧要关头，他是计划的主要策划者之一。这期间若出现差次，必会影响全局。为保障计划的顺利进行，千里同志的个人信息暂时只能我一人知道，你代为转告，请她理解。"

"好的。"徐东风从怀里掏出一个信封，"城防中队的形势一片光明。这是三个同志的入党申请，请部长同志和组织审核研究。"

"成绩不错呀！"陈述达开心地将申请揣进衣兜，面朝长江，"郑雪晴同志虽然已是党员，必定才刚20，家人受制，背井离乡，举目无亲，希望找到相爱的人，有个依靠，可以理解。你夫人与她同乡，是个局外人，还望她平时费个心与雪晴同志沟通沟通，多给些关怀……"

金色阳光用力挤进號庄细密的木质窗棂，厅里顿时华光灿烂。

渠闯将杜元青领到隔屋，"老弟有什么要事？"

杜元青稳了稳神，"不瞒渠爷，我姐夫前时请人看好建房之期，房建材料这两天就到场，当时谈的价格也实惠，不过材料方要求必须现金。您老知道年底了，一个家庭的开销多，特别是像我姐夫这样的，家里帮忙应酬的更多。原计划这几天他会回来一趟，谁知临时军务脱不开身。材料来了，我一个平头百姓可没本事筹集到那么多的资金。"

"哎哟哟，秦大旅长修建华堂，渠某定当出力。需要多少，我先帮忙垫付一些，或者我与那个材料商磋商磋商，来年支付如何？"渠闯热情地说。

"闯爷拳拳之心，元青代姐夫恩谢。只是年关在即，小人觉得自己的事还是自己尽力的好，真若想不出办法，到时再叨烦闯爷。"杜元青向渠闯拜了拜。

"对了，马之益说你有大宗生意，指的什么？"渠闯恍然记起的样子。

杜元青连忙取下肩上的包裹，"在下对古器一窍不通，还请闯爷帮忙鉴别指点，看看能值几何。"

渠闯一瞧之下，眼球立时瞪得像两乒乓球，"这小子手里骇然拿着汉朝金柄酒樽和汉朝龙凤透雕玉璧，这种只闻其名，不见其形的稀世珍品，不知他今儿带没带马之益报告时说的唐皇室'太平尊'？不过这两宝贝，任何一件足可以修两座华丽的大型四合院。不知道那姓秦的家里还有多少这样惊世骇俗的宝物。"他稳稳神，舔舔发干的嘴唇，咽了口唾液，努力平复着心中的激动。

而后故作镇定背着手在屋里来回度了几步，"杜兄弟呀，我和秦旅长虽只接触过两次，却算得上性情相同、趣味相投的知己。他的事，自然是我渠某的事。袍哥人家，有啥事不打弯拐，喜欢竹筒倒豆子，直来直去。"

"请闯爷赐教。"杜元青欠欠身。

"这两样东西的确是古藏，也是货真价实的黄金玉石物件。但不是什么皇家器物，只不过是那个时代普通人家的陪葬器皿。你看这做工、线条何其粗劣……"渠闯将那只玉璧递到杜元青眼前，"古器的珍贵不仅仅需要年代久远，更需要它的做工和出处。"渠闯遗憾地摇摇头。

"能值多少钱呢？"杜元青咬咬嘴唇。

"与现在的首饰价格贵不了多少。相信秦旅长也不缺那几个钱。必定有些年代，贱卖了蛮可惜的。所以觉得还是继续收藏着或给你家人做个饰品什么的划算！"渠闯叹口气，"实在抱歉，今儿我约了那位洋人朋友，他们还等着我呢。渠某改时间专门请杜兄弟到鄙庄品茗如何？"他一副急着离开的模样。

"闯爷请留步，能不能再麻烦您帮忙看看这个？"杜元青又从包里掏出个物件来。

"太平尊！"渠闯失口惊呼。

不错，杜元青手里拿的正是马之益报告的唐朝皇家专用钧瓷"太平尊"。

"渠爷觉得这个能值多少？"杜元青见渠闯失态，语气忽然起了微变。

"这个、这个……"渠闯连忙掩饰，"我再瞧瞧。"他镇定下来，捧着那个钧瓷仔细甄别着，而后摸着下巴，"是真品，值不少。"

杜元青找马之益看过，他只说是皇家用品，却没说价格，这会听渠闯说值不少，忙问："能修一座大院吗？"

渠闯心里一惊，"这土包子难不成找人询过价？对了，可能这些东西秦怀川找人问过。"想到此他背着手在屋里度了几步，"不怕杜兄弟笑话，渠某平时家里囤积太多物件，虽然小有积蓄，但收藏是进的多出的少。时间长了就算一座金山也会被搬空。目前渠某实在拿不出一座房料的钱，不然也不会特地邀请外国洋人过来出货，换取用度。"

那只"太平尊"杜元青不仅找马之益瞧过，还找早前宕城古玩名家、而今瘫在床的田家寅看过。只是田家寅与马之益一样，只说值钱，不肯透露具体价格。这会听渠闯说值一座房料的价，以为他说的真话，没想到这陶瓷瓶子比黄金饰品还贵。一座房料至少得三两百个银锭，若是把家里余下的那一二十个陶瓷瓶罐卖了，五千银锭不绰绰有余了吗？心下正欢喜，突听渠闯说没现金，一下子急了。

悄然观察杜元青反应的渠闯，既想为白孟礼做事，又不敢过于欺瞒秦怀川的家人，加之不明章千里的态度，默默度着步，摆出一副仁义君子的模样，"洋商人是个大买主，也是个肯出价的主。如果杜兄弟觉得可行，渠某愿帮忙引见。价格你可以先与他谈谈，而后我再帮忙促成，不收取任何中介费。杜兄弟觉得如何？"

"那，那，那太谢谢闯爷、渠大当家了。要是洋人真能出得个好价，小的断不敢忘了孝敬您老的茶钱。"杜元青阴郁的脸上又一次绽出阳光。

前厅里的章千里见马立涛与史密斯聊得忘了腿伤，瞟了眼桌子对面无聊抠手指的秦庭春，思索着要不要将写好的提示纸条给他，忽见正厅格子屏风后有个人影晃动了下。他立时明白有人在暗中监视着。只好打消念头另想办法。

不一刻，渠闯与杜元青从侧屋回到大厅，他示意杜元青将"太平尊"交给史密斯瞧瞧。杜元青立马喜滋滋双手捧了过去。

章千里默然观察着盛气凌人、把玩"太平尊"的史密斯和拿眼偷瞧杜元青的渠闯。

"渠老板，今儿约我跑了几百里，不会就这么个东西吧？你知道我们公司从不单购的。何况这个东西也只一般般。"操着流利汉语的史密斯耸耸肩、摊摊手。

不懂古玩的章千里却知道史密斯这招是生意人的惯常手腕，他从史密斯惊骇的眼底，获知到那瓷罐定是不同寻常的珍品，原打算给杜元青和秦庭春暗示的他甚为震惊，不知道秦怀川家还有没有，还有多少？

"史密斯先生，这位是我至近好友，他家里急需资金，望给个薄面玉成。"渠闯向史密斯抱拳施了一礼。

"这事还请闯爷宽涵，公司明文规定，严禁私单。"马立涛与史密斯快速交换了下眼神，"我们在外做私单，万一被董事会知道了，史密斯总经理很难做的。"

"马先生说的没错。"史密斯点点头。

"那、那什么不算私单?"杜元青紧张起来。

"至少得二十件起。"马立涛故意说了个大数,"还要知道物品的来源、出处,也需要当地政府出具的证明,方能洽谈。"

"呵呵,二十件应该不是大问题。只是证明渠爷能不能帮忙办理下?"

杜元青的回答惊呆了屋里所有人。

章千里心情格外沉重,不知道秦怀川带兵去盗取了多少座古墓,那些葬品可都是中华民族的瑰宝啊!他沉思片刻,扬头问:"二十件都这样的吗?"

"当然不是,类型多种多样。"杜元青得意地说。

"你家哪来的那么些古器?"章千里淡淡一笑。

"老板放心,咱家祖祖辈辈都是实在人,不偷不抢,所有东西都是咱老祖宗留下来的。"杜元青大言不惭地回道。

第二十七章

　　"杜兄弟呀,史密斯先生既然默许,咱就闲话少续。你家离'號庄'不过二十里地。如果真有,赶紧回家弄过来,下午史密斯可就回山州了。"渠闯见章千里追问,担心杜元青心中害怕露馅而变卦,连忙打岔。

　　杜元青没立刻回答,走近渠闯身边附耳道:"渠爷,我这一趟来回得四十里,您能不能帮忙做做工作,让洋人老板给点定金什么的? 我心里好有个底,万一拿来他走了,岂不白忙活。您老觉得呢? "

　　"这个……人家也不知道你家里的东西值不值钱,值多少,怕是……"渠闯为难的样子。

"您老为我姐夫出了大力，他会感谢您的。"杜元青生怕渠闯不搭手，近乎央求。

"唉，谁叫我和秦旅长挚友一场呢！你等下。"渠闯说完起身走向史密斯，"能否请史先生借一步说话？"

"OK。"史密斯离开椅子。

渠闯拉住准备进侧屋的史密斯，瞟了眼章千里，随即在其耳边一番低语。

史密斯一会儿眉头深锁，一会儿摇头摆手。几番来回，最终史密斯无奈地叹了口气，"下不为例！"

"好的好的，感谢史密斯先生。"渠闯一个劲儿致谢。

杜元青见状，嘴角都快咧到耳根了。

章千里暗道，"这个奸猾的渠闯，安排我与马立涛扮演洋人的助手，表面是为我们着想，实则是不愿我们插手而干扰了他从中获利的机会。他这样做既可以向白孟礼交差，也能向秦怀川交代。若有什么不好的风吹草动，还可以将整个事情按白孟礼的意思推到我这个总指挥身上。"他决定不动声色，看看他们接下来如何表演。

故作深沉的史密斯向马立涛扬扬下巴，马立涛向旁边的庄丁指指椅背。庄丁当即提过一口沉甸甸的皮箱放到条桌上。史密斯"大方"地取出十个银锭交到杜元青手上，"你给我写个收据。"

"好好好。"

在此次行动实际负责人渠闯的安排下，章千里与两名化妆成庄丁的士兵和號庄两个庄丁以"护送"的名义，随杜元青、秦庭春去了乡下，有腿伤的马立涛则留在了庄子里。

　　太阳虽无太多暖意，但遍地厚厚的白头霜却如老鼠瞥见猫，悄然中没了踪迹。章千里随杜元青来到杜家庄已近中午。章千里与秦怀川夫人有过一面之缘，担心被认出，没敢取下墨镜。

　　秦怀川夫人见大冬天，章千里进屋也不摘墨镜，心里不禁发虚，悄悄将弟弟杜元青拉到里屋，"那戴墨镜的小胡子什么人呀？感觉有些面善，领家里来合适吗？"

　　"姐，你几时去过山州？人家是洋商人的副手，别一副疑神疑鬼的样子让人误会。这次渠闯可是帮了大忙，让洋人先给我拿了十锭银子。人家拿了那么多钱，除打了一张不管用的白条，啥东西也没留下，够耿直的吧？"杜元青突然压低声音，"姐，屋里的那些瓶瓶罐罐，洋人说如果是同一个时期的，愿出五千个银锭。此回若不是渠闯搭力，几个破瓦罐谁愿意给出几十座四合院的价，机不可失哟……"

　　"你让我想想。"秦夫人对弟弟摆摆手。

　　"翠啊，你弟说的对，若不是遇到渠闯渠舵爷，就算有人想搭手帮衬帮衬，也没那个能力。"杜老爷子担心女儿不愿出手，连忙出面帮腔。

　　"爹呀，那些袍哥人家，怕是没有无缘无故帮衬的。"秦夫人担心渠闯别有用心。

　　"常言说，官官相卫。连咱们宕城的渠旅长对怀川都礼让三分，他渠闯不是猪脑袋。翠啊，那些东西吃不能吃，用不能，放着也是放着，咱寻常人家藏着能有啥用？今儿遇到识货的贵人，是咱家造化。'铁算盘'大师给咱看的建房日子，可是耽误不得的哟。"

秦夫人听父亲说到"铁算盘"，想起一连串的"神算"，觉得渠闯有点啥心思已经不重要，重要的是丈夫的前程要紧，便点头答应了。

与士兵、庄丁在前厅喝茶的章千里，原本打算找机会给杜家一个提示，免得中了渠闯的大招。但杜元青在號庄已经明确告知渠闯和马立涛家中能拿出二十多件古器。他只能放弃想法，静观事态发展。

杜老爷子得到女儿的允诺，心里花开。快步来到前厅，见没人招呼章千里五人，连声道歉，"多有失礼，多有失礼，还望这位老板和四位小哥包涵包涵，家人正在收拾那些物品。"随即从袖口里摸出五个红包，"一杯茶钱，不成敬意，还望笑纳。"一个大的给了章千里，四个小的给了士兵和庄丁。

章千里没拒绝，没收下，将那个红包轻轻放到了桌侧。却示意其余四人收了。

杜老爷子以为他嫌少，心里不乐了，面上却风平浪静，"以后老板若有用得着小老头的地方，尽管开口。"而后慢条斯理端起茶杯呷了一口，"小老头虽然只是草民一个，但贤婿还是有些能力的。"

章千里只微微一笑，心里想的是此次被迫背锅，以后如何处理秦怀川间的隔阂。士兵和两庄丁只顾默默喝茶并不搭理杜老头。

杜老头见五人不闻不问，忍不住又说，"几位去过顺城吗？"

"我姑姑家在顺城，几年前去过。那里比咱宕城漂亮多了。"皮肤偏黑的庄丁看了眼同伴回道，估计是看在刚刚红包份上应付下。

"听说过'顺城三英'吗？"杜老头听黑皮肤汉子去过顺城，立时来了劲。

"顺城三英的大名不仅响彻顺城，益东也是妇孺皆知的。"皮肤白净的庄丁见同伴答言，跟着献媚。

"其中一人就是小老头的贤婿。"杜老头得意地抹着山羊胡。

"哎哟，以后太爷可得多多关照关照……"

品茶想事的章千里听到"顺城三英"，心中突然一敞亮，"渠闯与秦怀川熟，与齐汉舒应该不陌生……对了，秦怀川这个案子八成与温邑山有关联。难不成白孟礼此番对秦怀川出手的同时，对齐汉舒也有动作？"想到此，心里不由一紧。

顺城桑园坝宽敞干净的小道上，一身裘皮、双手拢袖的温邑山来到临河的四合院前，敲响了铜兽头口中的门环。

"温旅长早，我家老爷在洗漱。屋里请！"开门的老院工向温邑山弓弓身。

"刚刚喜鹊叫。不会是邑山兄要请我喝酒吃肉暖身子吧？"身着军大衣、魁梧的秦怀川出现在屋门口。

"哈哈哈，还是怀川兄法目如电。听说你从剑州凯旋归来，不喝一杯如何说得过去，是吧？"

"去哪，叫汉舒了没？"秦怀川笑问。

"顺城三英能少一个吗？"温邑山顿了顿，"我已让人去'明德'订餐。另外还约了一人，刚好一桌。"

"另一人？"秦怀川好奇地望着温邑山。

"今儿，邑山特为怀川兄准备了三十年的陈酿。"温邑山故意岔开秦怀川的问题。

"哎哟，邑山兄是真体恤贵重我这个孤家寡人了！好好，恭敬不如从命。齐汉舒没同路过来？"秦怀川瞟了眼院门。

"哎，我是担心汉舒不给面子。待会儿我们一起去他家如何？"温邑山委屈的样子。

"邑山呀，齐汉舒其实对你没什么的。咱们都是白师长手下的兵，为工作上的事发表点个人看法，实属正常，没有针对性，大家心里一定不要有什么隔阂。'顺城三英'同生死、共患难、胸无隔夜仇的誓言可不能忘了。"

"邑山可从未对齐旅长心生过芥蒂。"

两人边聊边出了院子，向不远处的齐汉舒家走去。

"明德"羊肉馆位于与桑园坝相距百米的西街中心，冷季卖羊肉，暖季营中餐，是顺城名气最响、装修最华丽的餐馆。

齐汉舒、秦怀川在温邑山引导下，来到"明德"二楼。

"平时，我哥仨自娱自乐。今儿天冷，我特地邀请了政训科的章千里，二位不会介意吧！"温邑山边倒酒边说。

"他？！"秦怀川脸上显出不快来。

"人家虽然年轻，在师座跟前分量可不比你我低。"温邑山说。

"真不明白师座怎么会偏信一个心术不正的年轻人。与这样人同桌……"

笃笃笃……敲门声打断了秦怀川的话尾。

齐汉舒以为章千里到了，连忙瞪了秦怀川一眼，"请进！"。

推门而入的是新任宪兵小队长的侯展武，"三位长官好。"他向屋里三人敬完礼，随后走向温邑山，"报告温旅长，章副科长没在……"他欲言又止的样子。

"来，把酒给二位旅长满上。"温邑山指指身后柜子的酒坛子。

"是。"侯展武小心翼翼端起酒坛，"三位长官慢用。"倒完酒准备离开。

"小武呀，既来之则安之。让小二添双筷子。"齐汉舒道。

"这个……"侯展武看了眼温邑山。

"磨蹭啥？还不感谢齐旅长盛情。"温邑山说。

侯展武受宠若惊地敬了个军礼，嗒嗒出了门。但他并未去楼下找小二拿碗筷，而是左右瞧瞧，见无人注意，闪进了隔壁的雅间。

"不瞒二位，展武这娃娃正追我夫人侄女。以前觉得憨憨的，没啥出息。近日在家里走了几趟，感觉说话做事还算机灵，腿脚勤快，啥时候都随叫随到。关键是还被师座委以大任。所以呀，一个人不能只看表面……来来来，咱三兄弟走一巡。"温邑山刻意介绍了下他与侯展武的关系。

第二十八章

　　关于侯展武的身世，以及他与温邑山的真实关系，秦怀川和齐汉舒从不关心。

　　拿着碗筷重新回到桌前的侯展武，再次向三位旅长敬了个礼，才规规矩矩坐到了下方的空位上。

　　"你刚刚欲言又止，想说什么？"温邑山笑眯眯问侯展武。

　　"这个……"侯展武故意吞吞吐吐，为难地搔搔腮帮。

　　"算了算了，喝酒喝酒，别为难小侯。"秦怀川端起酒杯。

　　"此事事关绝密。乞望三位长官恕罪，侯展武自罚三杯。"侯展武说完连饮三杯，"我已离开参谋部，去宪兵队上班了。"

言下之意，他所以知晓绝密。

"既然是绝密，咱们今儿只谈酒文化。我借花献佛，敬邑山兄一杯，感谢盛情。同时也祝贺小侯当上宪兵队小队长。"秦怀川向温邑山和侯展武举起杯。

"三十年河东四十年河西，以往师部什么秘密，上面都先与咱仨商议。转眼间你我他就成了'绝密'的外人，风水轮流转啊！"情绪满满的温邑山将杯中酒一仰脖子灌进了喉咙。

齐汉舒明白温邑山是在暗指章千里抢了他们的风头，不知道这家伙安了什么心，性情直率的秦怀川没准就上当。想到此他举起杯子，"长江后浪推前浪，你我都快半百之人，上面这样做当属正常。难得品回邑山兄的好酒，来来来。"

本想发几句牢骚的秦怀川瘪瘪嘴，没再言语。

暗中观察着齐汉舒、秦怀川的温邑山，原希望从他们言谈举止中捕获到一丝他期待的信息。但两人并无异样的眼色交流。心里暗道，"看样子侯展武逮捕黄志远和王二的事，这两人是真不知道。"他向侯展武递了个眼色。

侯展武端起酒杯："小人言语不当，搅了三位长官心情，乞望宥恕，再罚三杯。"说完又连饮三杯，而后抹抹嘴，"其实，也不是什么军事绝密，是章千里的案子……"他打了酒嗝，继续说，"章千里的同党和邻居相继交代了他欲制造动乱和贪污的罪证。"

"我早说过那小子不是什么好鸟，有人硬说我见识浅。"秦怀川说完自顾自饮了一口。

"他贪污什么了？如果涉案重大，只当我没问过。"齐汉舒笑望着侯展武。

"严格说不叫贪污，是受贿，巨大的贿赂。"侯展武望着秦怀川。

"怎么啦？难不成我秦某会给一个黄毛小子行贿？"秦怀川耸耸肩。

"有些看似不可能的事，恰恰就可能发生了。"侯展武没了之前的谦恭之情，"不瞒秦旅长，章千里的同党和邻居说的行贿人，正是您。"

"什么？"秦怀川一拍桌子跳了起来，"老子会给一个乳臭未干的毛头行贿。他的同党和邻居在哪儿？当面问问去，还有那个章千里在哪儿？走走走，找他当面问问。他奶奶的。"

"师座对秦旅长是十二分的信任，不然已找你谈话了。章千里这两天不知去了哪里，他的同党和邻居除师座本人，谁也不能见的。"侯展武俨然主审官的模样。

侯展武按温邑山的旨意将黄志远和王二以涉嫌销赃军事物品罪关押在宪兵队的地牢。意志薄弱的王二完全按需要画了口供，而受了数道酷刑的黄志远始终拒认销赃、私藏军火及扰乱社会罪名。此事件除白孟礼，无人知晓，包括丹子。

火冒三丈的秦怀川听说不让见王二、黄志远，杵住了。

"老三啊，嘴长在人家嘴上，爱咋说咋说，白的黑不了，黑的怎么也是黑的。只要咱们对得起上峰，对得起朋友，问心无愧就行，管那多干嘛。邑山兄觉得呢？"齐汉舒笑问。

"对对对，咱不管人家的闲事。来来，走一回。"温邑山举起酒杯。

宕城杜家庄，杜元青安排章千里和庄丁用罢午饭，请来两个身体健硕邻居。

章千里心里一直有种不好的预感，看杜元青要再带十五岁的秦庭春前往，不由向杜元青招招手，"杜兄弟。"打完招呼，率先向屋外走去。

"老板有何吩咐？"杜元青跟了出来。

"搞这样子的交易，还是不要带小孩子去的好。"

"春子已经15，大人了。此行一是该让他见见世面，长长见识，二是那些东西也得他做主的。"杜元青狡黠地眨巴着眼睛。

"他必竟还小，个人觉得不太适宜参与这样的买卖。"章千里表示拒绝。

杜元青搔搔脑袋，"我问问姐姐和父亲。"说完跑回屋。

很快，杜老爷子从里屋走了出来，"我家外孙虽然年龄不大，口风紧，有眼色，老板放心。"他以为章千里担心小孩子嘴不牢。

"家里再没其他合适的人吗？"

"要不我去吧。"杜大爷见章千里仍是不同意。

"怎么，嫌我人小呀，人家像我这年龄都娶媳妇了。再说，我不去，这些东西我舅照顾得过来吗？而且我家的事，外人干涉怕是不好吧！"听章千里不让他同舅舅进城，秦庭春不高兴了。

章千里不好再坚持。

杜元青带着秦庭春和二十多件古器向虢庄急急出发了。几人离开杜家庄不过三里地，刚刚翻过村外的小山嘴，就被七八骑脸上涂花、凶神恶煞的汉子拦下。

领头蒙面汉子对章千里的马蹄抬手就是一枪。受惊的黄膘大马望空一跃，章千里立时被掀下马背，立刻被一张大网罩住。腰上的枪伤，痛的额上青筋暴起的他，无法起身。旁边两花脸汉子扑了上去。

此情形，吓得杜元青、秦庭春和两邻居抱头伏地，身子打摆子一般筛了起来，之前漫天的喜悦惊得无影无踪。

"敢问阁下，何方神圣？因何拦截？"被绑住的章千里面不改色问领头汉子。

"爷们平常里，保方圆百姓平安，少有搅扰。年终了也不见尔等主动缴纳岁礼，倒让爷们亲自跑一趟。把他的嘴给堵上。"领头汉子向押解章千里的汉子一扬头。

章千里的嘴顿时被布头堵得严严实实。

"大，大王饶命……小，小的这里有五个大洋，悉数敬奉大王买杯茶喝，还望大王高抬贵手，放小人等一行。"吓得面无人色的杜元青边说边从内衣里掏出几个银圆来。

"你他奶奶的真当爷爷要饭的。爷这帮人马下山一趟就为五个大洋？"领头人骂完，不待杜元青回话，朝几个手下扬扬脖子，"给我挨个挨个搜。"

几人从章千里腰上搜出手枪，杜元青身上搜出十来个大洋，那两个背着筐子的邻居身上一无所获。

"小的们，将筐子里的那些瓶瓶罐罐给我架上马带走。"领

头人头一偏，五六个持枪的汉子立刻涌上，

"爷、爷，这、这个可动不得，这是顺城秦怀川秦旅长的东西，还望爷给个方便，不日秦旅长必当登门厚报。"杜元青麻着胆子哀求道。

"小子，竖起你那对招风耳打听打听，宕城的渠旅长见爷们都礼让三分，他娘的什么顺城秦旅长、成都秦旅长，算个吊。小的们，把这卖弄的家伙绑了，带走。"领头人恶狠狠一挥手，"将背篓的两人绑到那两棵大树上去。"他指指远处的两株树对手下道，"眼、嘴给我蒙上堵好，若有反抗，宰了。"两邻居闻言，腿如跳舞般颤抖，哪敢吱声，任人捆绑。

嘴被堵、眼睛被蒙，五花大绑的杜元青和秦庭春顿时两眼一黑，只能凭耳朵感知周围的情况，不知道遇到了何方强人。

只听远处跑来几骑，一人喊道，"报告大王，附近两个村挨个搜了一遍，就这些。"

"将这三个顽抗之徒带走。"领头人的声音。

杜元青被人提上马背，放在一个人的胸前。那人一叩马肚"踏踏"向前走了。身后跟着传来杂乱的马蹄声。吓得半死的杜元青哪还想着发财，若是能逃脱就万幸了，心里悄悄念着"菩萨保佑、阿弥陀佛"。

待挟着杜元青、秦庭春两骑走远，领头汉子来到章千里身边拉下面巾，原来是渠闯手下的董豹。他压低声音边解绳子边向章千里赔礼，"刚刚冒犯长官，实在对不起，请长官多担待。"

"渠闯的主意？"章千里满脸不悦。

"闯爷担心此事连累到您,才出此下策。请长官上马。"董豹牵过马,弓身请道。

这时一花脸汉子纵马来到董豹身边,看了眼章千里,低声道:"齐家只有……"他伸出三个指头。

"三件?"

"是的。"

章千里闻言,心里咯噔一下,"这白孟礼是铁了心要让他与秦怀川反目,让齐汉舒与他成仇。"

董豹向花脸汉子指指绑在百米外的杜元青邻居,"警告那两人,想活命,保家人,今儿的事必须永远烂在肚子里,不然……哼哼。我与长官先行一步。"

"小的明白。长官慢走。"

董豹领着章千里和两骑古器,并未回號庄,而是将他带到来时遭伏击的狮子山上。马立涛已乘滑竿等候在道旁的林子里。没几分钟时间,渠闯带着杜元青和秦庭春也到了。

渠闯见马立涛在与士兵私语,轻轻将章千里拉到一旁,"渠闯本想留长官多住几日,无奈上面催得急,不周之处渠闯下次加倍补偿,还请长官多多担待。今儿顺便为长官带了点土特产。"他指指林子外、董豹旁边一匹驮着货物的马,见章千里蹙着眉想心事没搭理,想了想压低嗓子,"犬子侯展武在贵师不过就一普遍小兵,若在工作上有偏颇之举,还望长官多帮助多指教多担待。"

"侯展武?"

"对对对，不怕长官笑话，当年随了他娘姓。"

"侯参谋本是师座的股肱之臣，渠大当家这次为师座促成心愿，他的前途自是无可限量。"章千里将目光投向不远处的林子，望着那两座若隐若现的新坟，"可惜两个兄弟莫名其妙就永远留在了此，今儿我等不会再与他们一样，享受昨日凌晨的待遇了吧？"

"哪，哪会……大白天巴壁虎纵有天大的胆子，也不敢在渠某的一亩三分地上撒野。何况……"

"何况你家后山旧仓库里还有几个他受伤的兄弟，对吗？"章千里眼底透出寒意。

"这，这……"渠闯红润的脸立时没了血色。

"有时候不正确的左右逢源，一样会送了性命。渠大当家的觉得呢？"

渠闯一下跪到地上，"章长官，渠某的命不由人啊！在你们这些大人物的眼里不过一虫蚁，谁也得罪不起。昨儿天黑渠闯真不知道是您和马长官……渠闯这条贱命，长官若是愿意，随时可以拿去。"说着说着，眼底起了泪花。

马立涛寒着脸走了过来，"师座让你协助我们取回赃物，你居然打算拿我们的性命去取悦你的另一个主子……"

第二十九章

　　"马连长。"章千里担心马立涛泄密连忙制止，"时间不早了，出发吧！"

　　渠闯见状赶紧从地上爬起，跑到十几米外的十个庄丁面前："长官们的安全，还有两风子红火（江湖黑话，两匹马与货物）若有半点闪失，性命难保，家人难安。"

　　"明白。"十名全副武装的庄丁齐声道。

　　"路上听从章长官指挥，若有违抗，家法难容。"渠闯又道。

　　"收到。"

　　渠闯安排完庄丁，快步来到章千里身旁："二位长官放心，那十人虽年龄偏大点，都是训练有素、经历过多次战火、以一当十的军人。他们身上的小黑驴（洋枪）也是刚上手的。"

　　章千里扫了眼逶迤的林荫道，附身与马立涛耳语道："分三批走，之间保持百米距离。你和杜元青、两士兵打头阵，我和秦庭春、两匹驮马居中，留四个渠闯的人断后，其余庄丁夹杂在你我行程之间。"

　　马立涛明白章千里担心途中再遇突发或散兵游勇骚扰，点点头。二人与渠闯挥手道别。

　　"明德"羊肉馆二楼，酒足饭饱的齐汉舒、秦怀川、温邑山和侯展武四人起身待要离开，忽闻隔壁有板凳桌椅的撞击声。侯展武连忙跑了出去。眨眼间就转了回来。

　　"何事？"剔牙的秦怀川问。

　　"两酒鬼打架。"侯展武摇摇头。

　　"你、你、你他奶奶的什么人？敢、敢到爷的包间偷看。"一个三十来岁皮肤黑黝、满脸醉态的大个堵在了雅间门口。

　　"长官在此，休得放肆，赶紧闪开。"侯展武怒喝。

　　"什，什么长官呀，这么大口气。有，有我表弟长官吗？"醉汉斜着眼、歪着脑袋，目光呆滞地扫视着屋里人。

　　"你表弟谁？"温邑山笑问。

　　"独立师，师部的，的政训科长，章科长听，听说过没？"醉汉撇撇嘴。

　　"哟，我们正找他呢，在隔壁吗？"温邑山惊讶的样子。

"不、不在，去、去外面执行特殊任务了……"醉汉说。

"胡言乱语，章副科长最近那么忙，怎么会外出执行任务。小武，扶他回隔壁。"温邑山不耐烦地摆摆手。

"他怎么就、就不能外勤了？谁，谁能及他受白师长赏识？告诉你们也没，没关系，我，我表弟是去东边执行任务的……"醉汉话未说完就趴桌上呼噜起来。

四人互望了一回，温邑山问候展武，"隔壁还有人？"

"有，不认识。"侯展武回道。

"既然是章科长的朋友，你让小二弄碗醒酒汤。我与两位长官先走一步。"温邑山说完邀请齐汉舒和秦怀川出房下了楼。

醉汉是"天猴地獾"黎德和邓山扮演的，两人任务完成，待温邑山等人下楼，立刻随侯展武从羊肉馆后门离开了。

齐汉舒、秦怀川、温邑山三人絮絮不休往桑园坝走去。

"那个章千里现在不是主管政训科吗，怎么执外勤了？"秦怀川问齐汉舒。

"醉汉的话你也信。跑了几百里的路，赶紧回去休息休息。"齐汉舒说。

"怀川兄的问题，也是我的问题。据小武说，他不仅去了章千里的家，还去了他的办公室，皆没找见。"温邑山带着几分醉意，"秦怀川兄如何突然归来，是不是马上上位副师长了？"

"呵呵，别说只一个副师长的位置，三个五个只怕也与我秦怀川无缘，也没敢指望。我今儿回来是准备明天回趟宕城，老岳父后天七十大寿。"秦怀川说。

"原来是泰山大寿，一会邑山让人送点东西帮忙给老人家带去。二位，我……我就不送了……"温邑山停在了他家院子门前，晃晃悠悠向齐、秦二人摆摆手。

带着几分酒意的秦怀川本想直接回家，被齐汉舒扯着去了他家。

"你不觉得奇怪？"齐汉舒边脱大衣边说。

"你指章千里执外勤的事？"秦怀川反问。

"温邑山今儿请客看似为你接风，实则另有目的。"齐汉舒为秦怀川倒了一杯水，挨着他坐了下来。

"咱仨不是时常小聚吗？汉舒兄，是不是多虑了？对了，觉得你和那个姓章的保持点距离的好。他搞的那些什么劳什子革命，师座当他显摆不计较，你若掺和进去，就变味了。你我混到今日不容易的，我的哥。"秦怀川道。

"怀川呀，防人之心不可无是对的。章千里想说服我们加入他的组织，那只不过是一个思想组织。与温邑山为争副师长一职，挖空心思排挤你我，有本质上的区别。"齐汉舒说。

"争名夺利，人之常情。你我快五十的人了，能上则上，上不了，在条件成熟的情况下给子孙积攒点金钱物资才是上上策。今儿我实在乏了，得回去睡一觉。"秦怀川告辞而去。

望着摇摇晃晃离去的秦怀川，齐汉舒心里有种说不清的悲哀。悲哀的是他自己，还是秦怀川，还是这个时局？

黄昏时间，章千里一行进入顺城与丛州之间的边界。马背上被人蒙着眼、堵着嘴的秦庭春一个劲哼哼。

"小子，怎么了？"紧随身边的董豹扯下他嘴里的布。

"要，要方便。"秦庭春说。

董豹看了看四周，此地地势险峻，树木繁茂，"坚持片刻，这里……"

砰……一声枪响打断了董豹的话尾，身边的秦庭春随枪声一头栽下马。

"有刺客。"董豹纵马向林子奔去，拔出腰间的驳壳枪向林里"啪啪"连放了几枪。

章千里忙将蒙着眼的杜元青从马背上接了下来，指挥众庄丁随董豹追了过去，随后对身边的两个士兵道："谁的马快，赶紧拿我的证件去哨卡要增援。"

"我去。"一个黑瘦的士兵接过章千里的证件纵马而去。

滑竿上的马立涛已被两个吓得发抖的轿夫放在了一棵大树下，他向章千里招招手，"章科长。"

章千里拉着杜元青来到树下，"马连长，这次你可把我带进去了。"

"你，你快将杜兄弟解开呀！"马立涛如何不明白章千里的意思，秦怀川的独子被他们绑架，因他们而死，秦怀川那人，连白孟礼都让三分，他一个小小的连长……如此一想，背上阵阵发凉。这个仇怕是解不开了！"杜兄弟，为了保护你和你外甥，我们不得已才出此下策，事先没与你们商议，是担心泄密。你瞧，这是来的时候我们遭人伏击受的伤。"马立涛指指章千里的肚子和自己的腿。

"到底怎么一回事？我外甥……"杜元青一眼瞧见躺在几米外路边的秦庭春，"你们杀了庭春！我和你们拼了。"疯了一般的他一头撞向章千里。

"杜兄弟，杜兄弟，我们也是受害者。我们是上峰派来保护你们安全的。不然我们放开你干嘛？你撞倒的这位，可是为你姐夫秦旅长说话的人，还不快快将章科长扶起来。"马立涛见倒在地上的章千里腰间浸出鲜红，对挥拳的杜元青也不回击，担心事后找他麻烦，连忙高声阻止。

杜元青一听，这两人原来是姐夫一个部队的，愈加豪横起来："扶你娘个鬼，我要让你俩替庭春偿命。"说完举起一大石头要砸正起身的章千里。

"住手，再动我手里的家伙可不客气了。"一边的士兵拉响了枪栓。

砰……

几人正乱，几十米外的大树上忽然飞来一枪，杜元青恍如被重物撞了一下，仰面倒在了地上。

章千里夺过士兵手里的长枪，对着树桠就是一枪。一个人宛如断线的风筝，从树上栽了下来。

点点萤火般的光线，渐渐汇成一片，让黑的红钱街亮了起来。

行走在回家路上的丹子，在经过"果山公园"时，一个脚步匆匆的口罩男子与她擦肩而过那一刹，塞给她一张纸。好奇的她连忙打开，便签上骇然写着"黄志远、王二身陷宪兵队，醉翁之意不在酒，速救"。丹子大惊，招了辆人力车直奔城西的宪兵队。

"您找谁？"丹子被值班的新兵蛋子拦在了大门外。

"找你们队长邱文渊。"

"邱队长不在。"

"现在这里值班长官是谁？"

"请您出示证件。"

丹子掏出军官证，卫兵比对了一番，"现在轮值长官侯展武，请问什么事？"

"你把他给我叫出来。"

侯展武听说丹子找，犹豫良久才磨磨蹭蹭来到大门口。

"侯展武，什么罪名抓捕的黄志远、王二？"丹子直奔主题。

"事关重大，无可奉告。"侯展武背着手挺着腰，与之前那个低眉顺眼的判若两人。

"乖乖带我去见黄志远，恕你无过。"

"不然呢？"侯展武嘲讽地一咧嘴。

丹子摸了下腰间，方记起手枪给了黄志远，转身要夺卫兵的武器，"长官不可造次。"卫兵慌忙抱紧武器。

侯展武见丹子要拼命，顿时软下来，"请丹子姑娘见谅，目前除师座本人，任何人无权与黄志远相见。"

"王二也不让见？"

"对。"

丹子恨恨离去。

三姨太听丹子去了宪兵队，看了眼吊着脸的白孟礼，拉着丹子到了楼上。

"丹子，你已经是部队的中尉军官，不再是几年前那个拉着叔叔问长问短的小姑娘了。"三姨太握住丹子的手。

"我知道关键时刻亲缘远比外缘牢靠。但也不能一概而论。"

"是的。你叔叔是个爱才的人。所以包容身在曹营心在汉的章千里，还将你许配于他，只希望他收起那份杂乱的心，好好为独立师工作。"

"他到部队不过半年，为独立师揪出内奸，还减少了无端杀戮和边界纷争，执行叔叔的命令也不折不扣，有点个人理想就被你们说成胸怀二志，是不是太牵强了？"

"丹子，每个人都有理想。但他的理想危害到政府和社会，那就不叫理想，叫叛乱。"

"我一直唯你们的命，说人家有问题，我也明里暗里积极帮你们观察。前晚，你说他有异象，让侯展武在办公大楼拿望远镜观察他，让电讯科监听他的通话，结果呢？昨天，李可明、侯展武带兵去他家搜查，你又让我去装好人。你们将我许配给他，根本就是为了收买、利用、监视。没错吧？"丹子极力控制住愤怒。

"丹子呀，白家就你一个千金，你叔这样做，是对你的人生负责。"

"负责？这叫无端猜忌，以别人的苦痛为乐趣……这样下去，再好的手下也会被你们搞寒心……"

　　丹子和三姨太各说各有理，谁也说服不了谁。

第三十章

　　子夜时分，章千里一行回到了顺城。他和马立涛径直来到白孟礼官邸。

　　白孟礼听完两人的汇报，欣喜、震惊、愤怒、烦恼齐聚脸上。喜的是悉数收缴宝物；惊的是秦怀川居然贪污了如此众多价值连城的古器；怒的是宕城竟然有人对他的人设伏；恼的是秦怀川的独子和小舅子均被人打死在他的地界上，秦怀川要知道了，如何处理呀？

　　章千里和马立涛告辞后，有苦说不出的白孟礼瘫坐在了沙发上。

"师座打算如何处置秦怀川？"身后传来三姨太的声音。

"姚督办即将率兵返川，这节骨眼上……哎！"白孟礼捧着肥脑袋。

"我是担心他借机闹事。"

"他儿子的死与我何干？"

"死在你的地盘上了呀。"

"那又怎样，他还敢反了？"

"打不过你，咬你几口，然后带兵南投，总可以吧？"三姨太在白孟礼对面坐了下来。

"唉，章千里这次把这事办的！"

"虽然明枪易躲暗箭难防，但作为一个合格的军事指挥官，方方面面应该考虑周全。如此疏忽，他有不可推卸的责任。"

"你的意思这次事故让章千里承担？"

"无毒不丈夫，况且他应担责。"

"你以为秦怀川就信了？"

"章千里同学、闹革命的合作人黄志远身藏武器强闯关卡被下狱，他的同党因营救不成，报复杀人不牵强吧？"明知是温邑山为开脱罪责让侯展武搞的阴谋，三姨太仍如是说。

"这样一来，章千里就……"

"我知道师座宅心仁厚，不忍为难章千里，你可以这样啊……"三姨太附耳轻言。

"好吧！"白孟礼拨通了宪兵队的电话。

　　章千里回到家，边听时俊讲家里发生的事边换衣服，在得知黄志远和王二被捕的消息后，他急匆匆下了楼。走出后门，确认无人监视，操起墙壁上的一顶草帽扣在头上，疾步向两公里外的齐汉舒家走去。

　　乔装打扮到访的章千里，让齐汉舒吃了一惊，"你这是？"章千里将去宕城和返回发生的事粗略向他讲了一遍。齐汉舒沉吟片刻，"看来白孟礼不但要处理秦怀川，我也在他的剔除中。上午秦怀川刚好回来，我去将他叫过来？"

　　"他那个性，不但于事无补，还会早早丢了性命。"章千里不同意，"唉，我当时就有预感，极力阻止秦庭春同路到宕城，无奈杜家人和他本人不同意。"

　　"这样至少证明你没害他秦怀川的意思。"

　　"不然。他会认为我知道有暗杀，才会阻止的。"

　　"那当如何？"心乱的齐汉舒一时没了主意。

　　"这个时候，白孟礼不会为难他，至少短期内是安全的。"章千里顿了顿，"这会儿估计白孟礼已在安排人去我家了。"

　　"卸磨杀驴，让你当替罪羊，还是别回去的好。"

　　"那样岂不正好中了温邑山的奸计。放心，我不会有事。"章千里握住齐汉舒的手，"你一定要尽最大力说服、稳住秦旅长。不然遭灭顶之灾的会是他全家，甚至涉及无辜。这期间你也要保护好自己。"

　　齐汉舒拍拍章千里的肩膀，"委屈你了！"

　　丹子见叔叔白孟礼好歹不放黄志远和王二，听说章千里已回顺城，急忙来到他家。正好碰见侯展武指挥人要带走章千里。

"千里，怎么回事？"丹子大急。

"去宪兵队看看黄志远。"章千里平静地说。

"黄志远身上的枪是我借他防身的，他们诬陷他图谋不轨。"

"谢谢你！"

"侯展武，你要敢伤我男人半根毫毛。敢保证你明天看不见日出。"

"我，我哪敢啊，我只是个执行命令的小差。"侯展武装出可怜相。

"千里，别怕，我去找叔叔。"丹子说完，风一般消失在暮色之中。

白孟礼按三姨太的计谋拘捕章千里，既有对其保护的意思，更有让其背锅的成分，还有他的小九九。

冬季的寒冷和荒芜，本该早早升起的太阳，直到上午 9 点过，才从浓雾中冒出半张愁戚戚的脸。

早上在四十公里外的安汉县作完演讲、发完传单回家的贺佳妤，刚洗漱完毕就接到时俊的电话。

"顾客催货好几遍了，再不发，人家要索赔。"电话里时俊语气急切。

"佳妤啊，妈不是那种死脑筋。顺城不比上海、北京，出门就是熟人，你爸好歹是商会会长，你怎么讲也留过洋。一个姑娘家家跟一个无亲无故的年轻男子搞经营也就罢了，还成天和别的男子东奔西跑搞什么革命……"

"妈，公司里有急事，我先走了。"贺佳好说罢急急出了门。

前天黄志远、王二被秘密逮捕，昨晚章千里又被宪兵队带走。心乱如麻的贺佳好第一次拨通了山州的电话。

山州地委负责人陈述达听完贺佳好的紧急汇报，立即将章千里、黄志远被捕的事上报到了上级组织。

原本打算一早回宕城为岳父做寿、与家人团聚的秦怀川得知儿子被人暗杀的事，当场昏厥。悠悠醒来的时候，见齐汉舒仍守在床边，一下蹦起，咬牙切齿抓住齐汉舒的衣领："齐汉舒，你老实告诉我，是不是章千里闹革命、扰乱人心，拒捕伤了我儿？"

"马立涛和几个士兵也随他拒捕？"齐汉舒反问。

"他为何拒捕？"他声嘶力竭。

"谁说他拒捕了？昨晚师座找他，只是询问当时的情况。"

"齐汉舒，若不是你去招惹那个扰乱政府的章千里，老子怎会弄得今日断子绝孙的下场？怪只怪老子瞎了狗眼，竟然将你当兄弟，当同袍。从此以后，咱恩断义绝。"

"秦怀川，你现在的心情我感同身受。你自己贪欲造成的局面，不知反省，居然'猪八戒过城墙——倒打一耙'，能不能稍稍讲点理？"齐汉舒怒斥道。

"卫兵。"秦怀川大喊。

"到。"传令兵一声高喊，站到了门口。

"立刻通知炮团，血洗……"

"先喝茶。"齐汉舒一听，慌忙用茶杯堵在了秦怀川嘴上，冲卫兵摆摆手，"别听他的，马上过春节了学习什么呀？你先下去。"

"你，你……"差点被噎住的秦怀川，气得一把推开嘴边的茶杯，指着齐汉舒说不出话来。

"秦怀川，你是不是不亲手肃清弟妹、两侄女和你岳父全家不安心？儿子没了，你以为我不心疼，他也是我的干儿子、也是我老婆的外甥……"

"老子给儿子报仇不应该吗？齐汉舒，我问你，庭春、杜元青为何出现在顺城境内？你若还有半点兄弟情，求你老老实实告诉我，是不是章千里把他们绑来的？"秦怀川眼底布满了血丝。

"章千里为何要绑你家的人？他能调兵？还是马立涛与他同伙？"

"老子明白了，老子要血洗顺城。"

"秦怀川，你明白什么了？作为一旅之长，视数千军人的人命如草芥，枉人称你爱兵如子。你的儿就是儿，老百姓的子女就昆虫蚂蚁？不要因为悲伤，就胡言乱语、口出狂言、大放厥词，你手里有炮团，可以血洗顺城，你有能耐，能够干过老白。去吧，马上去，我若再拦，算孙子、算乌龟王八。"齐汉舒身上完全没了平日的文雅。

"呜呜……"秦怀川忽然蹲地号啕大哭，"老子的儿就那样莫名其妙没了……呜呜……"

"你看这样如何……"齐汉舒在秦怀川耳边一番低语。

秦怀川听完，从地上弹起，"卫兵。"

"到。"

"通知北城外的炮团，立刻东门集合。电告屏藩县守军，开拔宕城沿线，搜查杀人凶手。"

"是。"卫兵看了齐汉舒一眼，齐汉舒假意无奈地摇摇头，"随你吧！"说完闭上眼，暗叹："这怒汉，若是知道谋杀与温邑山有关，势必会派兵血战安汉县。唉，神仙打架，百姓遭殃啊！"

秦怀川待卫兵离去，急问："白孟礼真的也抄了你家？"

"覆巢之下无完卵。你我莫逆，就算你不送我古器，一样在他排斥的范围。要不了多久，你自会清楚。"齐汉舒看了眼虚掩的院门，想了想道："不过待会你要适可而止，注意不要伤及百姓，君子报仇十年不晚。况且谁是真正的幕后，目前尚不明确。幸好两个杀人者，被章千里干掉一个。只要查明那具尸体，就不难找出真凶。我已安排了人手，相信很快就有消息。"

早上收到侯展武消息说章千里被拘，温邑山的脸上并没露出笑容，奸狡的他明白白孟礼并非对其真心收押。他此刻深为忧虑的是，为他卖命的"地獴"死在章千里的枪口下，形同连体的"天猴"肯定会不顾一切为其复仇，到时岂不将他暴露？沉思片刻，抓起电话接通了顺城警察局。

"哪里？"电话那头问。

"找下侦缉科长秦喻海。"

"稍等……哪位？"

"务必尽快找到'天猴',他就是杀害秦怀川儿子和小舅子的真凶。"

"要死的,还是?"

"都行。"

温邑山挂上电话,觉得心里略微踏实了点。秦喻海既是他的侄女婿,也是他早前的下属,对他安排的事从未有过懈怠。

白孟礼闻秦怀川在东门疯了一般的调兵遣将,慌慌上马来到东门。只见东门外数门大炮正摆阵势,他故作不知,催马苦着脸来到秦怀川身边:"怀川呀,为侄儿报仇,炮团行动多笨拙。"他回头向身后的李可明大喊:"李副官。"

"到。"

"立刻通知步兵团、骑兵团前往东门,听候秦旅长安排。"

"是。"

第三十一章

"怀川呀，我已下令顺城警局、师部特务连，务必三天内，不两天内，缉拿到杀害侄儿、你妻弟和枪伤章千里、马立涛等人的暴乱团伙。我倒要看看何方匪寇狂徒，竟敢在我独立师地盘上兴风作浪，到时候，由你亲审，为侄儿和无辜人员雪恨。"

"师座……"秦怀川眼底顿时飙起悲伤泪。

白孟礼抚住秦怀川的肩，柔声道："怀川呀，侄儿走了，我深感切肤之痛，可人走了再怎么也回不来的。不幸中的万幸，幸好你正值壮年、身强体健……这样，你若觉得师里的哪个女兵或顺城有哪个中意的女子，挑个做妾，来年再给我添个侄儿……"

悲痛的秦怀川见白孟礼用此种方式安慰他，哭笑不得，又见果然有步兵、骑兵从城门出来，正如齐汉舒预测的一样，他若再不借阶而下，妻子、女儿和岳父全家必遭不测。他警告自己，"深呼吸，冷静再冷静。"

白孟礼见平时霹雳火一般的秦怀川没言语，又道："对了，电讯室的孙玉莲貌赛貂蝉、蜂腰肥臀，今年19，各方面都是生娃的好料子。意下如何？"

"报告师座，汉口密电。"一个通信兵纵马而至。

白孟礼伸手接过，一瞧之下，锁起的眉头立时舒展开来，"怀川呀，你我苦盼的好日子，终于等到了。"他将电报递给秦怀川。

"孟礼贤弟，倏别半载。子林今为'十四省讨贼联军总指挥'，望整装，不日你我东山再见！"电报是姚子林从汉口发来的。

"姚司令数天就到，我独立师将是第一路军，你将为第一师师长。精诚团结，预祝成功！"白孟礼伸出手，秦怀川勉强与之握了握，"这老滑头不仅对老子使用美人计，还来这一招。"

"为侄儿报仇的事，你好好安排，我先回城了。"白孟礼勒转马头。

"师座，既然警察局和特务连兄弟已奔跑在第一线，您就让步兵、骑兵部队撤回吧。姚云夺。"

"到。"

"即刻带炮兵团回营。"

"是。"

"怀川就是怀川，总会在国事和家事面前，保持头脑清醒、正确把握, 独立师之幸, 某之幸! 晚上师部开会。"随后低声, "今晚就让孙玉莲去你的宅子。"

　　黄昏, 丹子驾驶着白孟礼的"雪佛兰"来到西城宪兵队。

　　"他们没把你咋样吧?"她上下打量着跨出大门的章千里。

　　"既没给什么酸甜苦辣, 也没送什么好酒好菜。过的安静, 睡的踏实。"章千里淡淡地咧咧嘴。

　　"量他们也没那个胆。"说完从车里拿出一件缎面褂子, "把那身霉运的衣服扔了, 换上这个。"

　　"不用的。"章千里摆摆手。

　　"师座等着为你压惊, 换身体面点的衣服不更好吗?"

　　"没必要吧……"

　　"章副科长, 我知道你对叔叔有意见。他是他, 我是我。况且叔叔对你是极其信任的。将你送到宪兵队, 是担心蛮横的秦怀川对你不利, 对你采取的一种保护措施。你是不知道, 今儿秦怀川把炮兵团拉到东门口, 要炮轰顺城, 不是叔叔处理得当, 此时怕已……"

　　"秦旅长怎么如此冲动啊?"章千里睁大眼。

　　"人家怎样, 咱们管不了。"丹子打燃马达, "有句话叫日久见人心, 希望以后不要太过排斥我。可以吗?"

　　"谢谢你为我忙前跑后。"

　　"章大科长, 知道你心里根本没把我当回事, 在一起也勉强。但我们至少算同事吧, 有必要对我如陌生人吗?"丹子一脚踩住刚刚起步的汽车。

章千里扫了眼座位上那件缎面褂子，不由想起前晚那件被当成目标的皮袄，淡淡一勾嘴角，"感谢你前晚为我准备了皮袄，不然……"

"原来你不是一个忘恩的人嘛。"不知情的丹子没往深处想，一脸幸福，松开了刹车。

章千里看她反应，心里明白是误会，不由一阵歉意。

"我知道自己配不上你。我们可以从朋友开始，期间你可以另交女友，比如你电料公司里的贺佳好，她各方面都比我优秀。"她面色平和地试探道。

章千里表情严肃地看着她，"你怎样看待《辛丑条约》？"

"耻辱、屈辱！"丹子明白他想表达什么，叹了口气，"这个世界，有抱负的大人物、大集团尚仰屋窃叹，你我不过沧海一粟，如之奈何！"

"你也别生气，正因为不少人在看待国事上有太多你这样没斗志、得过且过的人，泱泱中华才遭受屈辱。如果人们拿出为自己、为亲人、为挚友奉献、施救的精神来关心国事，我们的国家会是现在这个任列强宰割的局面吗？"

"所以你人在独立师，心仍在'革命'。"

"所以革命，是希望国家能够早日崛起，不是传言的危害社会。谁不希望家人好，谁不希望祖国强？而今越来越多的大军阀、小军阀、集团，都投身到了国民革命的行列……"

"千里，我与你谈个人私事，你为什么总拿革命大道理搪塞我？是不是我们只能或者只适合谈那些不切实际的理想？”

“丹子，你要明白，个人的安乐，绝不是来源于优渥的小家庭，是来源于国家的兴盛与否。”

“雪佛兰”在两人谈话间，悄然到了白孟礼的官邸。那熟悉的矮胖身体、笑眯眯的大饼脸出现在大门前。

白孟礼身边的李可明快步走下台阶拉开车门，“章副科长，辛苦了。”

“谢谢！”

李可明低语，“姚子林大部队已从汉口出发。”

章千里微微一叩首，快步向台阶上的白孟礼走去，“师座，晚上好！”

“这两天让我们章副科长受委屈了。不过体验下狱中情也不是什么坏事，多一份见识对今后的工作蛮有益的，你觉得呢？”那双笑眯眯的眼底忽闪着警告和狡狯。

“对对。师座的良苦用心，千里感激不尽。”

“工作任劳任怨，生活无怨无悔。李副官啊，以后可得好好向章副科长学习。”

“是是，可明牢记。”

丹子见叔叔对章千里不仅没一句安慰，还将禁闭说得如此冠冕堂皇，噘着嘴进了大院。

白孟礼带着章千里来到餐房，桌子上已摆好酒菜。“咱们边吃边聊。”说罢在当中位置坐了下来，“明儿你准备下关于边界管理和警示的资料。”

"师座，我同学黄志远可是冤枉的啊！"章千里蹙起眉头。

"这事已经调查清楚了，他身上的枪是丹子借给他的。你说这丹子，武器能借人吗？都是被我给惯的。关于你邻居王二，这事情就有些复杂了。"

"怎么了？"章千里故作不知。

"你家里那个'蟠桃会'的金盘子被他盗走，这是正儿八经的偷盗行为，拘捕他不冤枉的。"

"我家从未有过什么金盘子，此话从何说起？"

"据王二交代，说是秦怀川派人送给你的。"他审视着章千里的眼睛。

"师座，我和秦怀川的关系本来就紧张，坊间、左邻右舍，还是师部熟悉的人皆清楚。就算秦旅长真送我东西，王二怎么知道……我明白怎么回事了。先借花献佛，敬师座一杯。"章千里双手捧起酒杯。

"明白了什么，说来听听。"白孟礼抿了一口。

"王二至今未成家，一是个人条件不太好，二是家境清寒。听其他邻居说，他对我家隔壁的彩荷姑娘暗生情怀，几乎每晚守在木楼上瞭望，直到夜深人静。"

"你的意思，他无意中看见了有人半夜进你家屋子？"白孟礼故意问，其实王二已经将如何知晓有人送礼，如何从章千里家盗出盘子的问题重复交待了无数次。

"王二交代了什么，千里不能妄加猜测。不过，想恶意栽赃的人，这招并不高明。摆明是想借用师座之手排除异己，达到他不可告人的目的。"

"这事我会派人查清楚的。千里呀，一些与法律相悖的宣传，虽然还没造成社会混乱，必定影响到社会风气。以往的咱不说了，过就过了。今后若再有发生，别说偏袒你，恐怕连我这个小师长也难全身而退。希望之前的那些违法言论成了永远，成了故事，不要再发生。"声音不高的白孟礼金鱼眼底交替闪烁着"仁慈"与寒光。

"师座明鉴，自从千里进师部，就没闲过一天，哪来的精力再做其他什么工作？"

"这个我信，不然怎会将丹子许配于你。"白孟礼举了举酒杯，"秦怀川贪污那么多的古玩珍宝，你认为如何处理恰当？"

"名誉、金钱、女人、事业，各有人喜欢贪恋。秦旅长给官兵们的印象，赤胆忠心，火线上历来勇往直前、一马当先。但没经受住巨大财富的诱惑。千里浅见，在姚督办即将返川之际，师座酌情处理就好。"

"嗯，我就喜欢你这直言的性格。"白孟礼拍拍章千里的肩，笑问："你喜欢什么呢？"

"工作和忠诚。"一语双关。

"政训工作对提升一个人的能力，远不如在地方上的实际工作来得快。至少我是这样认为。"

章千里心里一惊，"这老鬼为了稳住秦怀川，袒护温邑山，果然要将我当冤大头。"平和地回道："哪都是工作，但凭师座差遣。"

"有句话叫与时俱进，我知道有些东西自己是落伍了，掉队太远总不好。所以，下午你大哥向我汇报工作的时候，说不少地方出现了'民主协会左派'，建议我也跟进跟进，顺应时事。对那些新事物，我不是太懂，你抽时间好好了解了解，打听和了解下其他地方的情况如何？"他装痴卖傻。

"属下明儿就着手了解。"

民主协会左派，是以廖仲恺、宋庆龄等人为代表，主张与共产党合作，打倒军阀列强，争取民族独立的组织，章千里如何不清楚。对革命非常敏感的白孟礼突然愿意接受大哥的建议，出于什么心态呢？

无论什么原因，顺城真要能够成立民主协会左派，对革命工作发展将是一个难得的大跨越，就算是白孟礼故意布下的刀山火海，他章千里也得试试、闯闯。

第三十二章

夜空，寒星闪烁，一弯如银打的月牙，高高挂在掉光叶子的枝头上。停电的药王山街上，只有星星点点的烛光和油灯光线。

灰色大衣、紫色围脖的郑雪晴来到那扇第二次见的朱漆木门前。门无声开了，一个挽发髻的老妈子微笑着点点头。

"山路可不好走的。"陈述达热情地迎了出来。

"习惯了一样。"郑雪晴捋了捋鬓发，"下午徐东风同志获悉，汉口的姚子林定于除夕率兵返川。同时了解到，姚子林是积极响应穗城国民革命军北伐的。"

"好消息呀！"陈述达高兴地拍着手。

"还有件事需要向您汇报。"

"请讲。"

"上年护送我和千里、黄志远的'百乐寨'少寨主谢虎，已到山州，他要求加入组织，参加革命工作。"

"好啊，这个年轻人千里同志讲起过，非常优秀。"陈述达想了想，"听说过鱼城吗？"

"就城北五十公里外那个鱼县？"

"对。"

"组织上打算让我去那里工作？"

"那条件远没这里好，愿意去吗？"

"革命工作需要讲条件呀？"她调皮地反问。

"那我直言了。"陈述达笑笑，"鱼县是整个山州地区革命工作开展得最好的县城，也是'金开计划'不可或缺的重要基点。你参加过不少革命运动，还是'五卅运动'参与者，工作经验丰富，遇事冷静沉着。所以组织上准备安排你去鱼城协助拓展工作。"

"好呀。让谢虎也去？"

"对。"

"什么时候动身？"

"明天是大年三十，春节后去咋样？"

"一个人过节，在哪都一样，我们明儿一早就过去。"

"也行，我让司机送你们过去。"

尽管是兵荒马乱、食不果腹的岁月，益北老百姓对大年三十的团年饭仍很重视，哪怕是苔馍糠皮、树皮野菜，也会多找几个品种尽量将桌子摆满。而且还要吃得久，还要有吃有剩。吃得久，寓意幸福长长久久；有吃有剩，寓意家里吃不完用不尽、年年有余。

章千里与家人吃完团年饭，已经下午2点多。他没再去办公室，而是径直来到温邑山家。

当当……他叩响了门环。

"你是？"一个用人打扮的中年妇女打量着眼前这个颀长、俊朗的年轻人。

"麻烦转告温旅长，一个姓章的找。"章千里道。

"您稍后。"中年妇女嗒嗒跑了进去。

半分钟时间，裹着裘皮大衣的温邑山趿着拖鞋迎了出来，"哎哟，章科长大驾光临，难得难得。给你拜个早年。"温邑山双手一揖。

"温旅长新年好！"章千里回礼道。

"屋里面请，屋里面请！"温邑山热情相邀。

"大年三十相扰，还请温旅长担待！"

"章科长见外了不是。平常想约你喝个茶都没机会，怎么叫相扰呢？温某的荣幸。请请请！"温邑山满脸堆欢。

章千里第一次到温邑山家。宽大的客厅当中一幅牡丹富贵图；清一色的棕红色中式家具油光发亮，长条椅和几把圈椅上铺着兽皮软垫。

"茅庵草宿，章科长万勿见笑。上茶！"温邑山在当中的圈椅上坐了下来。

"宕城回来一直军务繁忙。乃至于旅长大人朋友托章某带的口信拖到今日，还望见谅！"章千里在侧边圈椅上坐了下来。

"宕城我的朋友？"诧异的目光迅即转为谲诈，"不明白章科长指的那位朋友是？"心里暗惊，"这个渠闯太不懂事了，怎能向陌生人挑明与我的关系呢！"

"渠闯。"章千里慢条斯理地吐出两个字。

"哦！宕城那袍哥，和师座也熟。他给我带什么信了？"温邑山淡然地咧咧嘴，恍如渠闯与他不过泛泛之交。

"他只让我带了两个字'约定'。"章千里说罢抿了口茶，"温旅长的茶不错，只是今儿大年三十，难得的假日，应该早些回家陪陪平日被冷落的父母。信已带到，千里就此告辞。"

"对对对，百顺孝为先，我们平日工作忙，逢年过节应该多陪陪父母。向章科长学习。"温邑山也不挽留。

前脚已跨出门的章千里突然转身，"对了，那天袭击秦怀川旅长公子的杀手在咽气前，说'地獯'会为他报仇。以为一句狠话而已，没料地獯那贼子果然找来。有脾气，够豪强。"笑笑，走了。

心惊肉跳的温邑山不知如何回答的好，呆愣愣望着章千里昂首离去。

大年初一早晨，副官李可明思忖再三，硬着头皮来到白孟礼官邸，汇报了果山公园奎星楼内发现了"地獯"的尸体。

"你怎么确定那人是地獯？"白孟礼抹了把背头。

　　"按师座的意思，我私下提审了王二。据他交代，章千里与马立涛执行任务当晚，他经过奎星楼时无意间听到了侯展武与一瘦子的谈话。亲眼见到潜进章千里阁楼投赃的是两人，一高一矮。那具尸体他仔细辨认过，是'地獾'无疑。"李可明说。

　　"知道了，你去吧！"

　　望着离去的李可明，愤怒、无助、孤独将他包围。凌晨三点，秘密监视温邑山动向的马立涛报告，温邑山的庄客"黑猫"向伪装成"地獾"的人连开三枪，被抓捕时吞药自杀。"那家伙竟然与渠闯早有勾搭，这世界还有谁可以信赖啊！"白孟礼自言自语，心里对温邑山生了杀意。

　　闻言中计，气急败坏的温邑山狠狠给了一道与"黑猫"执行任务的侯展武一巴掌，"我不知是高估你了，还是到宪兵队混傻了。也不仔细瞧瞧就下手。"

　　"大人恕罪，黑猫担心机会稍纵即逝，不听劝阻……"

　　"好了……愚蠢至极。"

　　"小人罪该万死。"

　　"还不滚。"

　　"那，那个王二……放，还是？"侯展武没动，怯怯问。

　　"一个废物不放，留着干嘛？滚……"

　　过年，理当是心情最好的日子。午饭后，一脸忧郁的丹子将章千里约到江边。

　　"大过年的，怎么吊着个脸？"章千里向安静流淌的水面扔了颗石子。

"我叔要拿掉你政训科副科长的位置。李副官正在起草。"丹子幽幽地说。

"这事师座找我谈过。"章千里心里明白白孟礼迫切解除他的职务,一是因为姚子林即将返益,为了稳住秦怀川、温邑山而为;二是有人告他仍在搞革命宣传,解职是给他的一个警告。

"心有不甘吧?"丹子歪着脑袋。

"小来思报国,并非爱封侯。做一个普通人没什么不好。"章千里浅浅一笑。

丹子弹了弹干净的灰色长大衣,"失之桑榆,收之东隅。离开是非之地,不是什么坏事。要不我也离开师部,和你一起经营公司咋样?"

"对了,师座说昨儿会放了我的邻居王二,怎么没见人影,知道原因吗?"章千里岔开话题。

"他诬陷你,害你失了职务,才不放呢!"丹子噘着嘴。

"一个小老百姓,见到凶神恶煞的打手和那些令人生寒的刑具,哪有不恐惧的。他也是身不由己。"

"你对别人总是那么友善、包容,对我总敬而远之。今儿所以愿意陪我,是不是像那个大年初一都到江里劳作的人?"她指着寒江小舟上,正奋力撒网的打鱼人。

"我像迫不得已吗?"

"听你一句正面回答好难!"丹子理了理被风吹乱的刘海,悠悠问,"也不知道我叔咋想的,突然就将你……"

"我有件事，一直不明白。"

"你讲。"

"我去宕城那晚，下楼的时候，看见电讯科梯步间有个监视我的人影。是你吗？"

"那是男扮女装的侯展武。"

"他？"章千里有些意外。"

"其实，我和你一样渴望和平，希望这个破碎的国家早日修复。"

"想为天下苍生出力？"

"你们宣传的革命，真为大众、为天下贫苦百姓？"

"是的。"

"有什么好处吗？"

"一个人的信仰和理想，需要回报吗？"

丹子摇摇头。

"知道1919年的'五四运动'吗？"

"好像是外争主权，内除国贼的运动。"

"这就是人们期望的好处。"

"他们真的好伟大！你们宣传的革命与其类似？"

"对。"

"一直在宣传？"

"现在中国人有主权吗？"

"我明白了。我可以参加你们的革命吗？"

无论丹子是真心，还是试探，章千里都很开心。丹子比他预料的坦诚、善良。

"不愿意呀？"见他沉吟，她又问。

"为劳苦大众出力，不是一句空话。革命，不仅仅是宣传，有时候，必要时需要流汗、流泪、流血，甚至牺牲生命。"

"相信大多数女孩，都愿意和心仪的人一起工作，一起奋斗，没什么不愿意的。"美丽的眼眸里注满柔情，"只是叔叔和三姨知道了，定会恼怒的。鱼知水恩，方有幸福之源。无论怎么说，叔叔的养育之恩我不能忘。"

"借得大江千斛水，研为翰墨颂师恩。恩情、亲情与革命工作不会冲突的。"

"既然心怀感恩，如何胸藏异象呢？"那对会说话的眼睛忽闪着狡黠。

章千里略一沉吟道，"三国时有个叫刘表的人，单骑前往荆州。凭借他出色的名师风采、人格魅力，很快收服了荆州各路人马，北据汉川，跨蹈汉南，属地千里，拥兵十余万，算得上响当当的大军阀。正在大家庆幸跟对了人，大有可为的时候。力拥重兵的刘表却并没开疆拓土、逐鹿中原，而是心满意足当起了荆州的土皇帝。他哪里懂得'男儿不展风云志，空负天生八尺躯'的道理。"

一番推心置腹，让丹子心中燃起了对革命的热情，决定与章千里并肩共进。

农历大年初二上午（1926年2月14日）滞留汉口半年的姚子林利用新年之机，挥兵三万成功杀回益地。

第三十三章

　　在家欢度春节、主宰益地的刘云甫，万万没想到姚子林来势如此迅捷、凶猛，鉴于形势和姚的后台，不得不求和，并主动交还其原益军务督办之军权。而后两人很快达成互不侵犯的协议，姚子林统管益东北，刘云甫总管益西南。协议达成后，两人还共同出兵，将黔军、滇军侵占的边界收回。

　　不久，屯军益东北的姚子林，在白孟礼部的协助下，实力和地盘迅速扩大，由此成为益东北的实际霸主。而卖命的白孟礼除了得到一个空头的中将军衔，并未获得总揽益北军事的期待。于是，心里对姚有了隔阂。

不甘心地盘被分、悄然四处联络兵力、企图再将姚子林挤出益地的刘云甫得知这一情况，使人联系上了失落的白孟礼，许诺若是助他赶走姚子林，让其坐上第二把交椅并总揽益北。于是，念念不忘实现"美梦"的白孟礼，很快与刘云甫勾搭在一起。继而暗令与姚子林同住一城的渠闯搜集其军事动向和城防部署，但表面仍与姚保持着"友好"。

八方风雨，兵戈扰攘。在外国列强面前奴颜屈膝的北洋军阀，对内却八面威风，除了拘捕、通缉追求正义的无辜学生、工人、群众，还声势浩大地准备着"南伐"穗城国民革命军。

面对时局的危殆，1926 年 2 月下旬，各地群众组织和各阶层人士，纷纷致电广东革命政府要求"北伐"。

3 月上旬，驻守在海城直沽镇的国民军发现美国军舰在附近活动，忍无可忍的驻军长官扬国威将军下令开炮，将其击退。并于 3 天后在直沽口炮台水域设置水雷，封锁港口阻止外国军队侵犯。

3 月中旬，外国驻华大使认为国民军封锁直沽港口违反了之前签订条约，要求北洋政府拆除入港之障碍。软弱的北洋政府当即指令国民军拆除所设障碍。

迫于压力，国民军宣布开放直沽港口口岸，要求外国船只需按约定时间和信号进入。然而当日下午，倭寇的驱逐舰在进入时，视军事约定视为儿戏，大摇大摆地闯入。国民军鸣枪示警，却遭到了倭舰的炮轰，酿成了"直沽"事件。

直沽事件彻底激怒了淳朴善良的民众和爱国人士，他们要求北洋政府严惩倭寇。可北洋政府像只缩头乌龟，装聋作哑，置若罔闻。

而此时，八国公使跳了出来。他们公然侵犯中国主权，对中国爱国民众肆意拘捕、羁押、通缉、驱逐，激起了各界人士的无比愤怒。

当时，北平数万群众在太和殿举行了反倭侵略大会，强烈抗议倭军炮击直沽港的暴行。直沽港总工会、国民革命委员会，全国学生联合会，广东外交代表团、留日学生代表团等170余个社会团体发出抗议通电，数十万人积极投身响应了北平的反倭大会，一致要求严惩侵略者。并提出了"似此横暴，于斯以极，此而不争，国亡无日，望我同胞，共起反抗，以制凶顽，用血国耻"等标语。

然而，国民们满腔的爱国情怀，却遭到无能北洋的镇压，制造了骇人听闻的惨案。

国民反帝、反侵略的呼声一浪高过一浪，如飓风，似狂潮，很快卷向全国，南国国民革命军北伐的呼声也越来越高，让原本想要南伐的北洋政府和军阀们惶惶不可终日，不少军阀审时度势，纷纷转向。迫于形势，加之听姚子林也倾向南国国民革命军北伐。为迎合姚，白孟礼勉强同意了暗中宣传进步思想的章云舒的提议，在顺城成立民主协会左派，让章千里在位于城西北的莲花庙设立的顺城民主协会左派党部，同意其出任主席。

民主协会左派主席虽没独立师政训科副科长有实权，但独立自由，活动空间大大增加，可以光明正大地与士农工商打成一片。

有利于革命工作的开展和宣传，能够迅速提升数月来迂缓的革命工作。

3月下旬，齐汉舒、秦怀川申请加入进步组织的同时，还申请加入了民主协会左派。

章千里以顺城民主协会左派主席的身份，用掌握的《民治报》积极宣传联俄、联共、扶助农工三大政策，赢得了老百姓的欢迎和支持。短短半年时间，在章千里、贺佳好、黄志远、时俊的共同努力下，成功开发了工商、厂矿、学校及社会各阶层数千人，引领他们走进了反帝、反封建、反军阀、反列强的革命队伍。期间，将军中的李可明、姚云夺等二十多位连、营、团军官，四十多名士农工商进步人士先后发展为进步人士和民主协会左派会员。

1926年6月中旬，在宣传进步思想的紧要关头，白孟礼突然找章千里谈话，严词顺城不能再有关于联俄、联共、扶助农工的宣传。章千里明白白孟礼是因为姚子林仍未让他做"益北王"，心生怨恨，起了报复之心。

深秋的天空，湛蓝、宁静而高远。波光粼粼的长江边，山州地委负责人陈述达与章千里将各自的马儿放到嫩绿肥美的草滩上，在一株参天大树前停了下来。

"你现在被白孟礼盯得太紧，不方便电话。"

"我只以为白孟礼对北伐的抵触情绪大，没料到他油盐不进。"

"是啊，像白孟礼这样朝秦暮楚的愚顽分子还不少。为不响应北伐、会师武汉。昨天接到上级指示，决定以顺城为基地，实施'金开计划'。"

"什么时间？"章千里挺了挺笔直的身板。

"定于12月5号，由顺城、鱼城首发，江城随后响应。"

"太好了，再过……"章千里激动得像怕算错题的小孩子一样掰着指头，"十天。再过十天！咱们的金开就将实施。"他激动地来回踱着步。

陈述达背着手连续度了两圈，"对了，你和丹子现在啥情况？"

"她已入党了呀！田辉同志没转告？"

"我是问你和她的私人感情。"

"现在革命事业要紧，个人的事以后再说。时间宝贵，它的肚儿应该饱了，我得马上赶回。"章千里指指不远处低头啃草的马儿。

"晚饭后也不迟呀！"

"包里有饼子，哪饿得着。走了。"章千里说走就走。

"等等。"陈述达招招手。

"还有事？"

陈述达咬咬嘴唇，"雪晴同志还活着。"

"你，你说什么？"章千里如中了定身法。

"雪晴同志当时只是昏迷，是徐东风同志趁乱将她救走的。"

"你没开玩笑？"他一把抓住陈述达的双肩。

"骨头快碎了。"

"对不起！她，她现在哪里？"

"鱼城。'金开计划'实施那天，就是你们相逢的时候。"

章千里闭上眼，深深地、长长地吸了口气。良久睁开眼，"有事电报，我先走了！"他攀住马鞍，又突然丢开，"它已跑了一天一夜，用你的追风神驹体现下'关山度若飞'吧！"也不待陈述达点头，笑着向那匹雄健的花斑马走去。

"路上小心啊！"陈述达向纵马而去的章千里背影喊道。

平时一天一夜的路程，章千里下午3点过出发，赶回顺城还不到凌晨2点。他顾不上休息，连夜将在途中思考、部署的行动方案作了详尽修改和记录。

第三十四章

晨曦徐徐拉开了帷幕，绚丽的朝霞，将秀美的顺城染成了金色，清新的腊梅芬芳，悄然飘进大街小巷的每个角落。

章千里以贺佳好过生日为由，请来了丹子、黄志远、田辉、时俊等十多人，利用午饭前的时间开了紧急会议。午饭后章千里借口打牌，来到齐汉舒家，向他和秦怀川、姚云夺、李可明等传达了上级对"金开计划"的指示精神和行动时间。

章千里边摸麻将边小声道："时间非常紧迫，虽然各方面我们已经做好了准备，越是顺利，越不能麻痹大意。往往一个看似小小的、无关紧要的细枝末节，就有可能导致整局出问题。所以，凡涉及到与行动相关问题,请大家务必保持头脑清醒,三思、再思。对于白孟礼和温邑山,我们还需尽快找机会出手。"

"我已想好如何逮捕白孟礼和温邑山的办法。"齐汉舒看了眼紧闭的房门,压低了嗓子, "每月初,他俩都会……"

温邑山在客厅里不停地来回踱着步,下午与白孟礼谈到益东情况时,对方话里有话,看来是发现了他与渠闯之间的秘密。

"姑父。"房门无声开了,警察局侦缉科长秦喻海走了进来。

"再过几天你就是副局长了。"

"真的呀? "秦喻海咧着嘴挺挺身,拉了拉警服。

"今后亲自出门办案的时间就很少了。"

"姑父有什么差遣,喻海即刻去办。"

"宕城一桩案子,只能你亲自前往……"温邑山低声交代了一番。

"好的,好的……"秦喻海点头如鸡啄米。

翌日早上,渠闯刚刚起床,秦喻海就到了。

"秦队长,连夜赶来?"

"实不相瞒,秦某所以漏夜前来,是因为贵公子。唉……"秦喻海半吐半吞。

"展武他怎么了?"

"侯队长新官上任,本想三把火。在侦缉时,抓了个人称飞天鼠的江湖大盗,本是好事,谁知审来审去,此人竟是白师长三姨太的堂兄。队长立功心切，刑讯时把人打成重残，在获知其身份后，放不是，不放也不是。后来秘密将那人拉到了百里之外，割了舌头，弃之荒野。本以为无人察觉，可仍被三姨太知晓，侯队长怕是……"

"那咋办？秦队长有何良策？"

"三姨太虽然难应付，但她必定是女人，对方也仅是他堂兄。她与普通女人一样，有个共同的弱点，喜欢配饰什么的。特别钟爱红玛瑙和月光石，渠大当家的不亲往一趟，只怕难息她心头之怒。"

"好好好，马上去……只是秦科长刚刚到，又……"

"你我之间，这点鞍马算什么劳顿。"秦喻海一副仁义君子的模样，随即自言自语，"那些女人也是，喜欢什么外国产的月光石呀，中国的鸡血石不更好吗！"

渠闯立刻明白，急忙给他送了一块。

中午时分，秦喻海、渠闯和一个庄丁来到丛州界的一座浓荫蔽日的山上。

"哎哟……"秦喻海忽然龇牙咧嘴，伏到了马鞍上。

渠闯连忙催马上前，"秦科长怎么了？"

"肚子难受……不行……"说完跳下马急急奔林子而去。

渠闯和手下停了下来。只听林子里的秦喻海连番呻吟。

"你看好东西，我去瞧瞧。"渠闯吩咐完庄丁下马进了林子。

秦喻海见渠闯中计，绕到其身后，给毫无防备的渠闯来了个透心刀，可怜的渠闯连哼都没哼声就丢了性命。紧接着，无辜的庄丁也成秦喻海手下的冤死鬼。

为温邑山解决了后顾之忧的秦喻海，带着渠闯准备的礼物满怀喜悦踏上顺城地界不到半小时，就享受了与渠闯和庄丁同样的待遇，被温邑山杀人灭口了。

斗转星移天渐晓，暮人惊闻雷声到。

1926年11月29日，益省省长赖德祥突然收到密报，称江城混成旅四旅刘异停和十旅钟无启有暴动的倾向。大惊的赖德祥立即电令陈兰、袁品二人移防，同时电令距离江城最近的第四师刘纪元与江城混成旅长李经纬率部前往督促。

刘异停、钟无启以为事发，决定于12月1号提前起义。1月2日陈兰、袁品通电全国，宣布就任"顺城起义"革命军益军第4路、

第5路司令，并成立了联合办事处，收到不少相邻益军将领的贺电，部分将领还通电响应脱离了北洋军阀。奉赖德祥令督促的刘纪元和李经纬，联想到穗城政府，担心时局风云突变，为保存各自实力，持了观望态度，只对陈兰、袁品做着雷声大雨点全无的军事督促。

12月2号下午3时，齐汉舒令得力将领严康龙带兵在南门外的林带里设好伏兵，静候每月初风雨无阻、定期到南山督查训练的白孟礼归来；秦怀川则令步兵团长姚云夺带人在树木繁茂的北门外布好了兵力，只等每月初、一样按时到三十公里驻地公务的温邑山返回。

下午 5 时，章千里收到来至江城起义的电文。大为震惊的他，不得不通知齐汉舒、秦怀川起义提前进行。与此同时，正从南面和北面返回的白孟礼、温邑山得到了章千里军变的密报，惊慌之下，一个逃回南山练兵场，一个逃回三十公里外的驻地安汉县。

带兵埋伏在城南、城北的严康龙、姚云夺，从下午 3 时到天黑，仍没见到他们等候的猎物，获知情况有变后，立即将伏兵改为侦察兵，分头奔向各自的目标。

朔气传金柝，寒光照铁衣。

1926 年 12 月 3 日夜，经过白天十多个小时紧张有序的排兵布阵，章千里、齐汉舒、秦怀川率领 7 千余部队，启动了以支援北伐为主题的"金开计划"，在顺城临江的大型公园——果山公园，打响了起义的第一枪。

于是，本该 12 月 5 号率先举事的山州近县鱼城，不得不提前吹响了起义的号角。顺城、鱼城、江城三城总指挥黎亮，鉴于顺城、江城军情突变，火速调整、部署好鱼城人马后，立刻电令江城刘异停、钟无启迅即完成江城起义任务，向顺城靠拢。

白孟礼手下的死党趁天黑、趁全城的注意力集中到起义地点果山公园，在南门和章千里家附近的几条街，东门和秦怀川、齐汉舒家附近的街道放起火来。木架结构的民房很快红焰百尺、烈火升腾。

与彩荷、王二在章千里家积极为战事准备药品医用器材的丹子，忽见窗外窜起的大火，立时意识到有坏人故意纵火，连忙指挥二人将药品和器械从后窗输出。

正在果山公园安排部署的章千里、齐汉舒、秦怀川也发现了东门、南门起火，当即带人分头奔赴火场。

红钱街的火势逾加猛烈，惊恐声、哭喊声、噼叭声、呼救声汇成一片。

丹子放好药品和医用器材，留下彩荷看护，和王二投入到了救火队伍中。

顺城起义的爆发，不仅惊坏了躲在二十公里外练兵场、四处告援的白孟礼，令整个益地军阀为之目瞪口呆。离开汉口前，曾向穗城国民革命军有过输诚的姚子林对顺城的突然起义，既未援助，也未向求援的白孟礼增派一兵一卒，一旁作壁上观。

白孟礼的新主子刘云甫，号令益西北的钱通天部、益东南的何又川部、益中的罗其相部集合3万之众，务必三日内拿下顺城"叛军"。

面对天边滚滚袭来的漫天烽烟，担任两路起义军政委的章千里，显得沉着而冷静。他与齐汉舒、秦怀川通过反复推演考察，决定将起义指挥部设在便于疏散调配、易守难攻、紧邻西门、挺拔的龙腾山的山腰；东南北三城门外，各设兵力1500名，为第一道防线；第二道防线：东门，由齐汉舒得力部下姜兴文镇守；南门，由秦怀川手下猛将张远术镇守；北门，由秦怀川亲自镇守；西门后防重地，则由足智多谋的齐汉舒本人亲镇；章千里则主镇指挥部及整个调配。

亮如白昼的顺城大街小巷，黄志远、田辉、贺佳好、时俊、彩荷等党员和百余共青团员领着数千工人学生，分批分组深入各家各户协助老百姓疏散、撤离和安置。

仅剩三姨太的白公馆，由已加入共青团的马立涛带兵控制。

与此同时，白孟礼官邸里，丹子被三姨太连扇了几耳光。尽管粉脸上起了乌青，嘴角淌出殷红，她仍在努力，希望说服三姨太劝叔叔放下武器，会师武汉，响应北伐。

"三姨，我是您从小带大、养大的，我们无话不叙，无密不谈，对您除了亲情，还有母女情……"

"巧言令色。"三姨太凄然一笑，"你早知道章千里他们的'金开计划'就是'顺城起义'，为什么就那么狠，不肯知会你爸半个字，哪怕一点暗示也行啊！你要知道，在你爸心中，你比三个哥哥懂事、重要……"

"我爸？三姨，您？"丹子惊呆了。

"我没精神错乱。他的前两任，一个在生下你二哥后不久病逝，一个在生你三哥的时候难产走了……我跟他的时候才十五岁，那时候他不过一个小排副。一个数九寒天，他突然从外面抱回一个襁褓中奄奄一息的女婴，说她父母遭遇兵祸不幸罹难，让不能生育的我做婴儿的母亲。当时我是排斥的，一是不信自己不能生娃，二是生活本清寒苦涩，多张嘴，岂不是要天天品尝黄连味？他见我不许，竟然给我下跪！"三姨太长长纳了口气，"后来才知道，你母亲是他一个相好，突然重病撒手人寰，留下你……为了你不受人白眼，他把三个儿子放得远远的，而将你留在身边。当面背后，不允许我对任何人泄露你的身世……哎，对一个本已经鬼迷心窍、忘恩负义的人说那么多，有什么意思，是上辈子我们欠你的，你走吧！"

第三十五章

　　丹子傻了，半晌才咽了口唾沫，"三姨，感谢您告诉我真相。尽管我和您没血缘关系，但我是个有心有肺、懂得感恩的人。没血缘关系怎么了？不是您，我能活到今天，能过上无忧无虑、被宠上天的生活吗？无论怎样，他永远是我爸，您永远是我妈。哪个子女不愿自己的父母幸福健康？家人和美？"

　　"你说什么，我永远是你妈？"三姨太吃惊地瞪大眼。自进白家门二十年，没有生育的她最期望的就是和其他女人一样做妈妈。可是看了多少医生，吃了多少苦药，拜了多少庙堂，肚子仍是没有动静，也不肯别人的娃叫她"妈"。白孟礼当上旅长，又娶了两房，但对她仍是最好、最信任的，从没嫌弃过不会生育的她，将她一直留在身边。随着年岁的增长，她接受了现实，越来越希望丹子叫她一声"妈"。可是从小叫惯"三姨"的丹子懂事后，怎么也不愿改口。慢慢感觉享受那声"妈"，好比希望有个自己的孩子一样艰难。此刻听到丹子那句"您永远是我妈"，以为听觉出了岔，定定地望着丹子。

"我一直就当您是亲妈，永远是。"丹子动情地拉着三姨太的手，"爸爸经常说识时务者为俊杰，而今深得人心的穗城国民革命军，已经成功收复、湖南、广西，连汉口的武大帅也被击溃，不少大、中军阀已纷纷易帜。得民心者，得天下，益北的地盘，在益地不算小，但在华夏的版土上，不过一弹丸之地，您就劝劝爸爸认清形势，行吗？"

"外面一直认为我是你父亲的狗头军师，他对我言听计从。他只不过将一些想好的事与我分享，真正拿主意的仍是他自个。我们女人哪可以左右他们男人的世界啊！"那双有了鱼尾纹、又圆又大的眼睛里波涛汹涌。

"妈……"丹子潸然泪下。

良久，三姨太抬起头，"丹子，你不了解你爸。他是一根筋，认定的事别说十头牛，百头牛也拉不回。我已劝过他多次，其他建议还好，一旦触碰到进步话题、涉及到他的美梦就怫然不悦，甚至翻脸。我知道这是宿命，难以更改的宿命。你忙去吧，让我静静。"

丹子离开不久，三姨太结束了她孤独的一生。

　　大战在即，东临滔滔嘉陵江，西倚挺拔龙腾垭，南北开阔，城市人口达三十万的顺城，迎来了历史性的考验。

　　黑云压城城欲摧，甲光向日金鳞开。沉闷的天边，厚重的云层恍如被大力神撕出一道光线。战云笼罩下的顺城，空气仿佛已然凝固。

　　12月5日7时，白孟礼与温邑山纠集4千余兵力直扑西门的起义军指挥部；携兵8千、号称益军中小军阀首领的中将师长罗其相，被负责镇守城南第一道防线的姚云夺阻在了一个口袋型的丘陵下。

　　"炮兵营。"枣红马上、身材矮小的罗其相一声暴喝。

　　"到。"其手下的炮兵营长范怀成高声应道。

　　"给顺城叛军送点见面礼。"罗其相狞笑着一挥马鞭。

　　"收到。"

　　哒哒哒……

　　就在范怀成忙忙指挥安装炮阵的时候，罗其相后部传来数挺重机枪的怒吼声。鬼哭狼嚎的惨叫声顿时响彻山谷。

　　与此同时，携兵一万、号称益军中小军阀二号人物的何又川，开始横渡东门那宽千余米的嘉陵江；挥兵一万两千、汹汹而来的钱通天在北门第一道防线遭遇到了和罗其相一样的"待遇"；白孟礼亲自率兵对临山面护城河的西门展开了猛攻。

　　历代少受战火考验的顺城，灰暗的天空红了，空气里满是呛人的硝烟味，四周巨大的爆炸声震得树木颤抖，房屋呻吟，尖锐、破空的嘶鸣声不绝于耳，耳膜发麻，脑袋嗡嗡，什么惊叫、哭喊，完全模糊不清了。

虽然以少对多，但顺城义军成功地一次又一次击退了数倍于己的来敌。

尽管顺城起义军的防御战打出了让军阀们闻风丧胆、魂飞魄散的气势，尽管通信兵连番报捷，掂着望远镜站在指挥台前的章千里却没半丝喜悦之情。

"鱼城的情况咋样了？"齐汉舒望着浓烟滚滚的远方。

"黎亮同志正率部赶来。"冷峻的章千里将望远镜递给齐汉舒。

凝望着浓烟的黄志远双眉紧蹙，"这讨厌的漫天硝烟，何时散去；收割人命的游戏，何时结束！"

"是啊，这会造成多少个家庭妻离子散、家破人亡！"李可明道。

"江城方面，至今不见动静，也不知发生了什么？"章千里眉头深锁。

齐汉舒摇摇头，"混混出身的刘异停，虽然已经是名少将旅长，但身上的无赖气息仍就浓郁，出尔反尔的事他没少干。"

"起义这种事岂能儿戏？"黄志远道。

"我并无贬人之意，他和钟率先起义，至今五天整，距离鱼城不过百余公里，不与鱼城联系，也不回我们的电文。这说明什么？"齐汉舒道。

章千里沉吟片刻问："刘云甫能调动多少兵力？"

"他手下那些平常看似唯唯诺诺的中小军阀，在临战时，大多会持观望态度，特别是此种情形。所以，估计他最大限度能调动四五万。但北洋政府出面督促，情况就难预测了。"齐汉舒道。

"江城会不会与我们遭遇了同样的状况？"

"军阀们历来都有自己的小九九，主镇益南、老奸巨猾的刘距，虽然与刘云甫叔侄关系，但不会因为顺城而出力！"

章千里和齐汉舒怎么也想不到，率先举起义旗的江城刘异停突然按兵不动，并非外力，仅是因为舍不得他的巨额家产。钟无启部下几个军官见刘异停踌躇不前，也嚷着不愿离开江城。

12月5日下午，黎亮带着鱼城的3000兵力及时赶到了顺城。正在加紧进攻顺城第一道防线的罗其相、何又川、钱通天不防身后有援，遭到了神兵天降的黎亮部重创。黄昏，鱼城起义军与顺城义军成功会师。

鱼城部队到来，义军兵力由7000余增加到1万。黎亮、章千里、齐汉舒、秦怀川、徐东风等人正式就职起义军总指挥、政委等各路职务。

相顾两无言，唯有泪千行。

到顺城的郑雪晴来不及与章千里诉说衷肠，立刻组织卫生队。龙腾虎跃的谢虎率兵加入了第一道防线。

城外防线，在军事天才黎亮的指挥下，三天时间连续击败敌人多达20余次的强攻、猛攻。

温邑山为挽回在白孟礼心中的形象，亲自带领尖刀连从地势险要的龙腾山侧面悬崖攀上，妄图偷袭龙腾山义军指挥部，却被带兵巡逻的李可明发现。战斗打响不到十分钟，温邑山带的尖刀连几乎全军覆没。负伤的尖刀连长为了活命，欲将温邑山献给义军，被狡猾的温邑山逃脱。

匆匆如漏网之鱼的温邑山，在亡命奔逃时，脚下一滑摔下山崖。随着一声凄厉的惨叫，一世阴险毒辣、奸猾算计的温邑山，被崖中树桠贯胸而过，如只破布袋般挂在了空中，罪恶的灵魂急急去了阎王殿。直应了那句，"不是不报，时候未到"。

第四天，敌人开始地毯式的轰炸，造成了起义军的大量伤亡。必竟兵力悬殊，必竟工事薄弱来不及维修。出城迎敌时的 4500 义军，仅剩三分之一。面对敌人穷凶极恶的疯狂轰炸和不断增加的兵力，第一道防线上余下不多的义军不得不撤回到城中。阵地缩减，意味着危险成倍递增。

半卷红旗临易水，霜重鼓寒声不起。

13 日，已经坚守了十天的顺城起义军，由起义时的 1 万锐减到 4000。处境已经极度危艰，黎亮、章千里紧急召开了营以上军官会议，宣布撤兵顺城。黄昏十分，正要撤离的起义军，突然收到山州急电，希望顺城起义军再坚持坚持，等待援军会师。

14 日，罗其相、何又川、钱通天汇集 2 万兵力对顺城发起了总攻。而山州一次又一次派人到江城督促刘异停、钟无启部出兵增援，北上会师，但刘异停仍瞻前顾后、踟蹰不前。

秦怀川见士气低落，跳上台子，"他奶奶的，求人不如求己，兄弟们，当年长坂坡燕人张飞张翼德，一声大喝退去曹操十万大军。咱们的声音比不上张翼德，但手里的枪炮远远超过雷声，弹药别说对付 2 万敌人，十万也不在话下。兄弟们，一鼓作气，将城外的赶回他姥姥家去……"

"打倒军阀，消灭来敌！"

"保卫家园，从我做起！"

章千里、齐汉舒提着冲锋枪、挽起袖子，跳上高台振臂高呼，黄志远、李可明、徐东风等党员军官纷纷高举武器，大声疾呼。

在士兵们的心中，长官都是躲在身后指手画脚的纸老虎，哪见过如此身先士卒的长官。顿时士气高涨、群情激昂，呼声震天。

"消灭来敌，打倒军阀！"

"驱除外寇，还我河山！"

如虹的士气，让围城的敌人又敬又怕。

天，被黑缦又一次遮了起来。

章千里、齐汉舒、秦怀川、徐东风亲自带兵巡城。

"政委，通信兵说，你大哥在帮战士们搬运弹药的时候身负重伤。"跟在身后的谢虎低声告诉满身烟尘、提着枪的章千里。

"他现在哪里？！"

"你家的茶馆。"

"大家注意防范，我去去就来。"章千里脱缰野马般向红钱街冲去。

原本繁华漂亮的红钱街，此时已变得满目疮痍的，除了几盏忽明忽暗的油灯，再无几许生息。

第三十六章

"吃里扒外的东西。"

正为伤员缠纱布的丹子耳边响起一个咬牙切齿的怒喝声。

"爸，您怎么在城里？"借着黄糊糊的灯光，丹子打量着灰头土脸、衣衫不振的白孟礼，心里一阵难过，"您没事吧？"

丹子突然称"爸"，白孟礼愣了愣，随后吼道："白眼狼，老子辛辛苦苦养你二十多年，你竟然为一个根本不爱你的男人舍亲弃友、助纣为虐。如果还念及咱们父女相称一场的份上，交出章云舒，老子原谅你。"

"丹子姐，南门涌入大批敌人……"跌跌撞撞的彩荷突然瞧见白孟礼和数十个敌兵围在丹子身边，"你们？！"

"城门已破，师座有好生之德。赶紧去通知你的同党放下武器，不然赶尽杀绝。"坚守南门、突然倒戈的常雨岭，枪口对准了手无寸铁的彩荷。

"爸，不得民心、腐败的北洋政府大势已去。就算您能夺回顺城，又能坚守几时？很多比您实力雄厚、兵员充足的人都易帜于革命军，包括您的上司姚子林。不要一意孤行了，爸，我求您了……"丹子泪眼模糊，"只要您投身革命，不管是国民革命军还是您的手下，都会不计前嫌，鼓掌欢迎，您还是他们的长官……"

"被'进步'毒害得太深的混账东西。章云舒在哪里？快说。"白孟礼咆哮道。

"爸，您别糊涂了，好吗？"

"脑子生锈、被猪油蒙心的东西，老子成全你。"白孟礼面目狰狞地举起手中枪。

"不要……"彩荷一步跨到丹子身前。

砰……

从后面赶来的马立涛朝手无寸铁的彩荷放了一枪，花样年华的彩荷应声倒在了血泊之中。

"白孟礼，老子和你拼了。"旁边手里拿药品、一直没敢吭声的王二见彩荷中弹，不顾一切冲了上去。

砰砰……常雨岭手中的驳壳枪冒出了青烟。

王二胸部、腿部各中一抢，倒在了彩荷的身边。

砰砰……丹子趁白孟礼愣神，一个"就地十八滚"，将后面张望的马立涛击毙，随即战栗地用枪顶在了白孟礼的后背，"爸，您让他们把枪放下，退出城去！"

这时，章千里、谢虎率兵赶到，齐齐举枪对准了白孟礼，向围在旁边的士兵喊道："放下你们手中的武器。"

"彩……彩荷……我终于……终于可以和你走到一起了……"一股股殷红的鲜血从王二口里涌了出来。

脸色吓人的章千里将枪口顶在了白孟礼的脑袋上，"让他们把枪放下。"

丹子惊恐地望望章千里手中枪，又望望被谢虎等人逼住的叛徒常雨岭，"千里，彩荷与王二是马立涛、常雨岭杀害的。"她害怕愤怒的章千里突然开枪杀了父亲，赶紧解释。随后艰难地咽口唾液，"爸，让他们放下武器。"

"丹子，我死在你手里，总比死在他人手里强。开枪吧！"

这时，红钱街已冲进大量敌人。

哒哒……哒哒哒……

谢虎与几个义军已和敌人对上了火。

"千里，你们快撤。"丹子焦急大喊。

白孟礼趁丹子分神，猛然一个侧闪，用枪顶在丹子的头上。

"章千里，放下武器饶你不死。"被义军用枪顶住的常雨岭见援兵越来越多，得意起来。

"突突……"

章千里看也未看，甩手就是两枪。叛徒常雨岭带着他龌龊的灵魂去了西天。

脸上溅满血污的章千里，怒神般冲到丹子面前，抬枪顶在了白孟礼的头上，"白孟礼，我再给你个机会，放下手中的武器，放开丹子，不然只有死路一条。"

白孟礼轻轻松开丹子的衣服，突然将枪口转到了太阳穴上，"成王败寇！"

砰……

"爸……"丹子扑在了白孟礼的尸体上。

"快带她走。"章千里吩咐完，转身冲进后院密室。重伤的大哥章云舒已撒手人寰。望着慈祥而威严、不再有生气、一直悄悄支持他的大哥，章千里心如刀割。

街上的枪声越来越密集。

没死透的常雨岭突然醒来，抬起手枪瞄准了悲痛的丹子。"砰"一颗罪恶的子弹无情地钻入了她花朵般的身体。

"狗娘养的。"谢虎手中的机枪朝着常雨岭就是一通怒射。

敌人越聚越多，谢虎身边最后一个战士头一歪，倒了过去。浑身血污的谢虎一个翻滚，闪入后院。

"政委，敌人太多了。几个兄弟已经……快撤。"

哒哒哒……章千里抓过谢虎手中的机枪，扫向阁楼柱子。轰……木楼倒下，掩住了章云舒的遗体，"快带丹子离开。"

"她……"

"她怎么啦？"

"常雨岭没死透……"

章千里几个闪耀，抱住没了生命迹象的丹子滚到断墙下。"丹子，你醒醒……丹子……"泪水模糊了他的双眼。

"政委……快走……"连中两枪，血流如注、仍拼命阻击的谢虎高喊，"您快走啊。"

章千里将丹子轻轻放下，回身抓起地上的冲锋枪。

"政委，起义军就靠您和总指挥了，不能再耽误了……"谢虎掉转枪口，顶在了自己的下颚。

"兄弟……"

"你倒是走啊！"谢虎挥舞着胳膊。章千里含泪向后窗奔去。

当晚，顺城失守，四千余起义军被数倍于己的敌人铁通般围在了龙腾山山腰。

"秦司令，我们再不撤，将全军覆没。"总指挥黎亮对拒绝撤离的秦怀川道。

"坚守到下午，还没援兵，必须撤，不能拼光了。"两眼充血的齐汉舒对冲冠眦裂的秦怀川道。

"狗日的常雨岭，不是他倒戈，南门岂会失守。老子真他娘的走眼了！"秦怀川磨牙凿齿。

15日上午，已占领顺城的2万余敌人开始集中火力进攻龙腾山。弹药越来越少，义军们为了节省弹药，用上了滚木礌石。

"我得下山一趟。"望着山下蚂蚁般蠕动而至的敌军，章千里语出惊人。

"这时候？"几人异口同声。

"是的。不给敌人一个出其不意的打击，这仅存的三千多人马就折了。"

"此刻，想必四面已然围死。怎么出去？哪来的援军呀？"齐汉舒不解。

"他们就在城外。"章千里与黎亮相视一笑。齐汉舒旋即明白过来。

"我陪章政委下山。"步兵团长姚云夺道。

"此种情形，怎能离开你这样虎将。"章千里摆摆手。

"你打算从背后的西河离开？"黎亮望着军事地图。

"是的。"

"河床宽有百米，水流湍急，守军过千，怎么上岸？"

"这个不是太难。"章千里看了眼侦察兵出身的李可明，"可明同志与我一道下山。上岸前往城北的'老君山'，那里地势险要，一夫当关万夫莫开，是不错的退路。我去联系、寻找城外的队伍。"

"好的。"李可明朗声应道。

"突围时间以红色信号弹为准。总指挥，各位，保重！"

"注意安全！"

章千里、李可明消失在山后的密林之中。

敌人的炮火越来越猛烈，义军的伤亡人数在不断增加。顺城的危急局面，让山州忧心如焚，接二连三派人督出江城起兵，但仍不见刘异停、钟无启半丝动静。

虽然背水一战，虽然义军们拿出以一当十的气概，但如蚁的敌人距离他们越来越近。

利用河边茂密丛林掩护，嘴衔细竹管的章千里、李可明潜入水中。数分钟后，两人在一处臭气熏天、无人把守的污水流放渠沟成功上岸，分头行动。

两天前，黄志远、田辉、郑雪晴、贺佳好、时俊等人组建了自卫队，他们手中的刀叉鸟枪，根本无法逾越敌人强大的火线，被困在了城外。

15日中午，敌人对久攻不下的龙腾山，悬赏组织了四路敢死队，分头向山上进攻。虽然遭到黎亮、齐汉舒、秦怀川、徐东风四路的顽强抵抗，但义军伤亡异常惨重，号称虎将的步兵团长姚云夺不幸被流弹击中，壮烈牺牲。

下午4时，短短三小时，就经历了数道生死线的章千里，终于机智地突出敌人的重兵包围，与黄志远、郑雪晴他们成功汇合。当即召开了现场小组会议，粗略讲了山上的情况。

"我们现在有一千多人，正好乘敌人全力攻山，夺回城门。"高高挽起袖子的郑雪晴道。

"对，大家早就渴望着与敌人来场白刃战，狠狠干他一场。"时俊道。"

"虽然此时敌人漏洞大开，但凭我们手中的刀叉鸟枪，别说肉搏战，连城门都到不了的。"贺佳好道。

"感谢大家献计献策，听听咱们章政委的意见好吗？"黄志远高声道，嘈杂的声音立时静了下来。

"现在叫到名字的同志，立刻行动。"盘腿坐在地上的章千里威严地站起身。

"黄志远。"

"到。"

"立即组建一个百人的行动队，一百人的后勤队，田辉负责协助，半小时后出发。"

"是。"

"我干嘛？"旁边的郑雪晴悄声问。

"时俊、郑雪晴、贺佳好。"章千里高声道。

"到。"

"你三人负责将自卫队分为三组，完毕后分别在东南北三门外埋伏候命，不得有误。"

"是。"

黄昏时分，山边的炮火一阵紧似一阵，正在敌人疯狂攻山的时候，南门外传来震耳欲聋的爆炸声，一朵巨大的蘑菇云腾空而起。

"不好，叛军炸毁了我们的弹药库。"敌人的总指挥罗其相骇然，继而暗想，"弹药库一个连的守卫，叛军都在山上，难不成他们的援军到了？"当即下令暂缓攻山。

带血的残阳，挣扎着在山巅跳了跳，黯然沉到了山后，深缦罩向了大地，枪炮声稀疏、沉寂下来。

从"老君山"返回的李可明，加入了时俊带的后勤队，在南门外与章千里、黄志远和百名行动队员得以汇合。章千里让他们将从弹药库缴获的数百只枪支、弹药送到了三城门外的自卫队员手中。

带领十多个自卫队队员输送弹药的时俊和贺佳好，遇到了带领敌人增援的侯展武，被阻在了一个林带里。凶狠、猛烈的子弹很快将不会使用枪械的大部分自卫队员杀害，贺佳好也负伤不轻。

"佳好……你……赶紧……带领他们离开。"嘴里大口大口溢出殷红的时俊，艰难地指指两个伏在林子里的同志。

"时俊……你……你……我背你走。"负伤的贺佳好已经泪流满面。

"走啊……"时俊头一歪，壮烈牺牲。

"时俊……"

"贺佳好，自见到你的那一刻，就深深被你迷醉……只要乖乖听话，不再与叛军们纠缠，你仍是我的最爱。"涎着脸出现在她身侧的侯展武一副胜利者的模样。

"蛇鼠之辈，人人得而诛之。"

"哈哈哈，兄弟们，把这个小辣椒给本队长带回营。爷倒要领教领教这娇嫩的辣蹄子什么味儿……哈哈哈……"侯展武淫笑着朝身后数十个士兵挥挥手。

贺佳好突然扯掉藏在腰间的手雷套环，"打倒军阀，中国共产党万岁！"

轰……侯展武和数个敌人，带着丑恶的灵魂匆匆去了他们该去的地方。

年轻的贺佳好，为革命事业、为党和人民，奉献了宝贵的生命。

瀚海阑干百丈冰，愁云惨淡万里凝。

夜幕垂临，趁敌人摸不清虚实，章千里在北门升起信号弹。霎时，安静下来不到一小时的顺城四周，再次响起呐喊声、枪炮声。

敌人指挥罗其相、何又川、钱通天以为义军援军袭来，忙忙将伏在山腰的大部分兵力撤入四门应对。义军总指挥黎亮借机带领义军奋勇突围，两军很快短兵相接。义军们如猛虎下山，直杀得敌人哭爹喊娘、鬼哭狼嚎。

三十分钟，虎豹般勇猛的义军成功脱出了敌人的层层裹袭，向二十里外的老君山转移。

由于兵力过于悬殊，撤出的义军只剩两千左右，黄志远、李可明、徐东风等同志在撤离中不幸壮烈牺牲。

16日下午4时，坚守13天，在确认无援军到来的情况下，黎亮、章千里、郑雪晴、齐汉舒、秦怀川等人领着2000义军挥泪离开了顺城。

酝酿了整一年，原本有希望迎接胜利曙光的"金开计划"，在无外援，敌人数量、武器数倍于己的情况下，没有输给敌人，输给了无信义的援军。

"顺城起义"嘹亮的号角响彻了益省，响彻了大江南北，既是益省革命的第一枪。

（完结）